奎文萃珍

人鏡陽秋

第一册

[明] 汪廷訥 撰

文物出版社

圖書在版編目（CIP）數據

人鏡陽秋 / (明) 汪廷訥撰. -- 北京 : 文物出版社, 2022.6
（奎文萃珍 / 鄧占平主編）
ISBN 978-7-5010-7373-3

Ⅰ. ①人… Ⅱ. ①汪… Ⅲ. ①序跋 – 作品集 – 中國 – 明代 Ⅳ. ①I264.8

中國版本圖書館CIP數據核字(2022)第013252號

奎文萃珍
人鏡陽秋 〔明〕汪廷訥 撰

主　　編：鄧占平
策　　劃：尚論聰　楊麗麗
責任編輯：李子裔
責任印製：蘇　林

出版發行：文物出版社
社　　址：北京市東直門内北小街2號樓
郵　　編：100007
網　　址：http://www.wenwu.com
郵　　箱：web@wenwu.com
經　　銷：新華書店
印　　刷：藝堂印刷（天津）有限公司
開　　本：710mm × 1000mm　1/16
印　　張：118.25
版　　次：2022年6月第1版
印　　次：2022年6月第1次印刷
書　　號：ISBN 978-7-5010-7373-3
定　　價：470.00圓（全四册）

序言

《人鏡陽秋》是明萬曆間汪廷訥編纂的一部人物傳記集，同時也是明代徽州版畫的巨作。

汪廷訥（生卒年待考），字昌朝，號無如，别號坐隱、無無居士、全一真人、松蘿道人等。安徽休寧人。戲曲作家、刻書家。汪廷訥早年以經營鹽業致富，由貢生授任南京鹽運使，後遭貶任寧波府同知、長汀縣丞等職。辭官後，以寫戲、刻書自娱，好詩詞，尤善曲。先後在金陵及故里建有環翠堂、坐隱園，與湯顯祖、王穉登、陳繼儒等名士交往甚密。著有《環翠堂集》《人鏡陽秋》等書。作傳奇十八種，合稱《環翠堂樂府》。汪廷訥在金陵環翠堂設有書坊，選良工而聚，所刊書籍精校細讎，鏤版精美，多配有名家繪製的插圖，有的采用彩色套印，對版畫的革新有較大影響。

《人鏡陽秋》取『以人爲鑒，而寓春秋褒善』之意，從古代經史百家書中輯録有名的故事典故以成書。全書二十二卷，分忠孝節義四部，部下分類。卷一至卷五爲忠部，收録勳臣、諍臣、良將等共計九十人；卷六至卷十一爲孝部，收録孝子、孝婦等共計九十三人；卷十二至卷十七爲節部，收録高士、節女等共計九十八人；卷十八至卷二十二爲義部，收録清廉義氣之士等共計九十三人。編排體例『先貌以圖，次紀以本傳，次斷以臆見』，即每一人物故事前都有一幅雙面對頁插圖，圖後有無無居士（即汪廷訥）的評贊。全書共計三百五十八幅對頁插圖，爲人物故事類版畫之傑作。插圖由著名的徽派畫師汪耕繪圖，名工黄應組操刀。汪耕，字于田，歙縣（今安徽歙縣）人。善繪人物山水，細緻秀麗。黄應組，號仰川，爲虬村黄姓刻工家族成員，技藝精湛，刻圖絲毫不苟。汪廷訥所刊各書插圖，如《坐隱圖》（附于《坐隱棋譜》）及《三祝記》《投桃記》《義烈記》等書插圖，均爲汪耕、黄應組等人的聯手之作。《人鏡陽秋》的版畫富麗堂皇、纖細入微，人物表情尤爲生動。鄭振鐸認爲是『徽派木刻畫很成熟時代的作品』。鄭振鐸高度評價黄應組的技藝，他説『黄應組和其他合作者們運以精熟之至的刀刻技術，使每一幅畫面都顯出迷人的美好。這就是「古典美」的作品的一個最標準的範本』。（鄭振鐸：《中國古代木刻畫史略》）

《人鏡陽秋》二十二卷，今存明萬曆二十八年（一六〇〇）金陵環翠堂刊本，上海圖書館、西北大學圖書館等館收藏。此本又有日本寛文九年（一六六九）中尾市郎兵衛翻刻本，題《全一道人勸戒故事》。另，又有萬曆二十七年（一五九九）刊增補後印本，二十三卷，多出末卷《坐隱先生紀年傳》，傳題『八閩覺捷居士林景倫能仁著』。

本書據萬曆二十八年環翠堂刊初印本影印。

編者

二〇二二年三月

人鏡陽秋序

海陽山削水清故多翩〻文彩之士迺有高雅不凡如姜如汪大夫也者余嘉之曰汪大夫不啻文也蓋亦直心篤行儒中之傑也今且以大夫起家矣而番

心著述無虛日杜門恬息肅肅穆穆日日孳孫孳因號坐隱先生所著有無如子正續贅言卷行于世其文壇列俎則焦太史序之小傳則顧太史相賛則朱宮諭瀝瀝乎天祿石渠之筆殆庶

纔見其梗概矣即余久謝毫楮

亦曾作歌以贈稍爲揚榷玉山

復以人鏡陽秋乞弁其首余覽

其全書之所載則繪事之犂然典

刑臚列真其風類磨鈍之一大物

哉其甄諸編什者則諸家之茇

揮浸浸乎盈一帙而有餘矣奚煩以緒言重演之頤汪君之爲此書夫非夫人而持不死之方躄者而談疾足之道者盖儼然被之身亦式之家者也汪君性孝友其父布衣行誼著鄉郡

邑而鄉亭遂姻亘之及其殘也
西母氏一殉一守各有其美之
志而唐母茂亦且從容死之閭
門節烈膾炙人口則亦異矣夫
以匹婦之真情合乎聖之極則
是無如遡之千古者遇之旦暮

蒐之墳埏者得之廣庭題之曰人鏡陽秋寔是有朗鑑有定評而不徒數他人之寶陳與上之珍也今復輯日記勸懲故予參裒并陳者以補陽秋之不逮其義一也揔之無如之爲扶世殷哉

賜進士及第朝列大夫南京國
子監祭酒前南京翰林院掌院
事侍讀學士
太子洗馬兩京司業纂修
國史
會典

人鉛陽秋序

經筵官春生余孟麟頓首拜撰

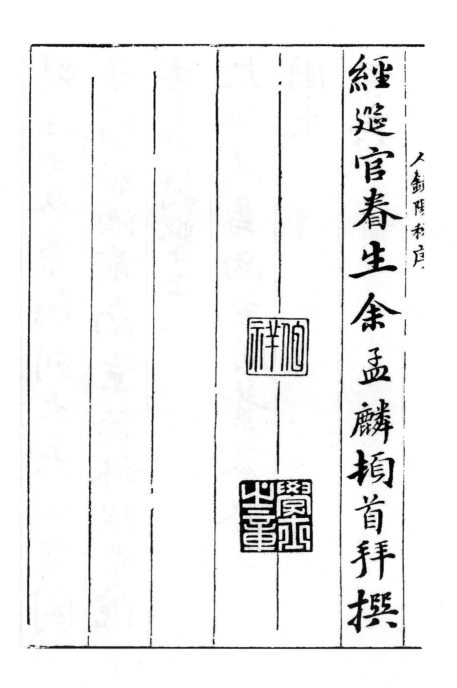

人鏡陽秋錄

人生霄壤間撑扶元運棟榦世風敎寸丹以獨邁流汗青而弥芳豈虛乎哉厥初降靈若有真性是真者流行應感何弗貫焉乃最宏鉅在三綱五典矣三綱

三

允五

五典之道常有人焉起而持之直中以發之死靡渝民彝正天常維而三光五岳之氣亦藉以渟蓄充盈乎天下古来清寧常如此日殆有物焉維之豈非人羣一大鏡覽哉海陽無如子汪

昌朝氏彙輯墳籍所載古忠孝節義者為四科臚列其目且以錫類之孝並稱其嚴慈亦無忝焉自署曰人鏡陽秋書成問序于余余覽之首陳圖次立傳次系之讚而陽秋之意往往在焉

古者書不盡言乃審厥象象厥物宜極所形容令人瞻對咨嗟憬然自得於想仰之外四牖明堂其來自遠故圖宜陳也司馬子長紹世本人各立傳傳中人品或不盡馴令所輯小傳者具

載一人始末事事足備觀型語
語大關教誼故傳宜列也人之
品目殊方論世考衷探其隱曲
評其偏粹如一一持衡而懸論
之令九原者可作定當心折吾
言此非屋山先師尺度精微知

来洞往何敢任此故論讚洵美矣於以哀錢千秋亦未易言也三五之隆忠臣孝子秉節持義之士且寥寥不概見況涉末世之波教衰道微安從多得斯人者下上與游處乎余以謂扶教

與善宜寬大其門庭振興其氣
義誠孝誠忠節義誠豎立此如
慶星和球讚歎懽喜言之不及
有如一至之行即偏即過咸發
天衷不由擬議猶宜汲汲奬提
而大收之彼屈平與流沙共盡

三

尤八

申生乃拜稽畢命貞女在閨許心盟而托孤鷩貞臣在野扶九鼎而採青薇夫豈不超然倫等乎亟與亟收猶虞其晚而繩削以中行抑又小過矣余所願與昌朝氏商略之未必無裨風教

之百一也盖余少小時每覽中
丞傳指南編意未嘗不慨思其
人當並搜忠孝事都為一編而
久未就延企海内必有琦人能
輯是書而昌朝之書遒成嗚呼
三綱五典人之真性在焉舍是

辰 求九

論道者誕也人能立此則其人立人能明此則其言立彰教樹執則其功立蓋穆拼不朽之譚是書三有之故足重也在霄壤間不可一日無此人則不可一日無此書無此人士道世界矣

無此書瞶瞽生人矣吾欲是書
流布六幕暨於日月臨照之下
與元運偕流使世世人知風起
大顛大力得所未曾有故揚吐
慷慨而樂序之輙復擁彗道周
揮手同調庶幾来者共涉斯津

馬
南京國子監司業前翰林院
修撰奉
敕纂輯
九朝寶訓纂修
兩朝實錄三典

制誥再知
起居充經筵講讀官長水沈懋
孝撰

關西許光祚書

録

刻人鏡陽秋序

聖天子萬曆戊戌之秋余奉命之北曾子時應持汪昌朝所編書丐余序展觀之即上遡唐虞人以逮

國朝捜经史集百家取忠臣孝子貞婦義士裒為四部繪之以像系

之以傳復申之以贊題其目為人鏡陽秋余初觀其像竊怪近於傳奇非經史善本謂其無當也曾子曰淩煙雲臺懷清易水非忠臣孝子貞婦義士之遺像乎何言無當也夫像者象也亦法也即其像而取法乎人以自鏡也余曰不然夫事不

繫綱常傳不朽經史雖馳辯風濤摛藻雲錦猶無益于殿宸又何取像乎余曰按其圖而索焉始知昌朝是書擧其閎綱撮其機要即人繪形緣事斷誼不誣于世不忤于時誠有意乎示人倫之軌範者矣詩曰惟其有之是以似之其昌朝之謂乎

又

且忠孝節義人心本具炯若日星貫
古今而不磨但人為物欲所蔽臨事
昏瞶偷安苟免不能自鏡遂墮真
常既不自鏡何能為人鏡耶昌朝
茲編一出見者莫不警惕萬古綱
常昭・在目是大有功於名教也
余欣然序數語授時應以荅昌

朝之請
賜進士出身右春坊右中允兩京國子
司業
國史編修
經筵講官充
趙居注温陵黄汝良譔

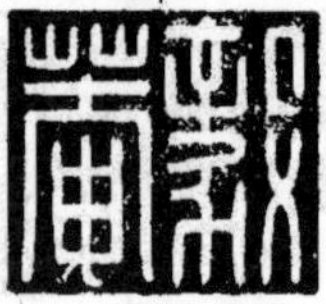

南郭劉然子矜書

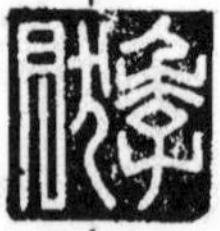
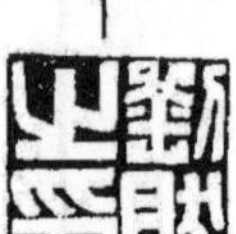

歙黃應組鐫

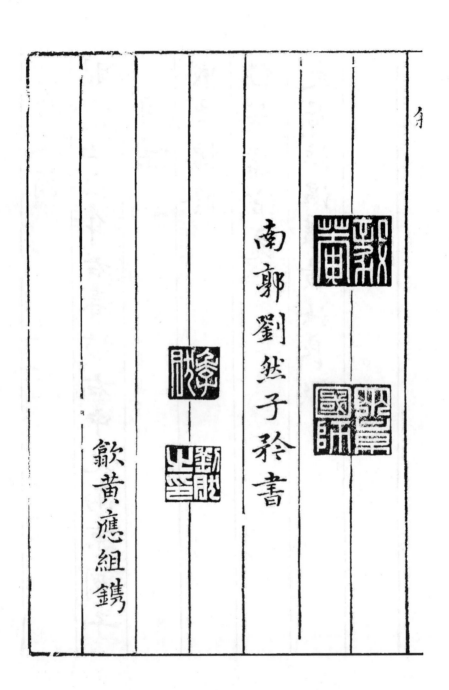

人鏡陽秋序

濯於自然蜩於精思當如子讀昔

者夫子明天道準魯史而陽秋之其

言曰隱顯隱顯與斯民直道而

行隱無麗所爲而識賢不家枉者

無以大之精之明昭揭播垂隱於

祝十五

生其之性而遏其動於戕毒於邪之念心存乎見於作者胸臆心生焉故雖之千百世之後而人讀誠於是也公穀左氏而下故者已無數十家深於繹楚篆莫者角慈鄭玄思務其洗心以求真思使人之

以隱居丈人之所宜是以無梯者
者而無人心也其即而愚夫愚婦
心也者經同經而兼衰臣禪興經
同經者亦然而後識臣禪經禪之
諸經妍媸辨經由是反觀照曠
來遊者灑集杖之蹤于汪生昌齡傳

序

余門牆醇謹而文藝之學而余竊愛尤其為人為沈勁焉昌雅悃幅愛焉於讀于古取與于心與集其為人而因為人於人之表裏辨典據於六人而演法家為四部曰忠曰孝曰節曰義備焉圖焉且讚焉命曰人鏡

陽秋已而惆其父早隱居姚氏以矣篤學及門以內二三賢請乃受傳冀之纂以姪附鳥也咸遜而抵六係春秋後也唯聖事即以陽秋命名盖何雅于三之嗜三代之直道不廢至其求識以全而世德猶附

於掌如云乃之法而經云爾先生固已
念乎吉是易經之亟為人也夫示
射生聲示戰者旌太上揚英厥要
須孝西極化人厥之象度足以心
以自即經以存要待而興皆是物
也易經以鬼千古而一雖百氏法經以義

而不傳久已乎劉遐之大敏隱而河左
氏而史牒多漫筆勒系圖之人也
之事也至程覆公直躬其志以
真醫之代之遠暖翁如將兄之舉人
心者之心疑筆不為吳夷惡好惡鳥程
之材僕鞠旅三序七星之辭而離之

墨

祝十八

方

攝禮經行莊敬持攝心存敬肅

節朱栗無恩步驟取行地而抵

指之矣世儒喜多譚三年而稱媸

在中古聖法經等注洗而以人

鏡吾每味乎唐文皇之言鏡銅去

可以去劉經以辭媸惡人而澼西

學乎未也讀古書而左證諸說以款
辨李雲遠之上手來也惟以人讀人
然瞿然聽心生晌然更思辭之志
謀之一夫者也其一夫其也其之以
古得之日多練之然後幾庶乎之則
論語但其語直色其語自讀然

亭

祝十九

序

登而袁行以瞻季氏後歲哉古矣

昌期之亟為人也余不佞志其易秋而

酒法於李在因得為昌期敘而直書

之

萬曆己亥夏五

賜進士第南京吏科給事中俞

新休寧孫子東滙東祝世祿書於白門公署之寓之齋中

祝二十

歙黄應組鐫

叙人饒陽秋
余自謝政歸行游名勝嘗一禮
白嶽駐足休陽〻〻縣郡接廣
暢負縣歙戟饒俠烈而以忠孝
節義著稱者蓋宦家屋也余
竊偶心奇之比從昌朝汪正學卒

又

袁二十一

業其所輯人競陽秋分類繪

圖系之傳讚誹是撥者不列四

科輒歉曰昌朝之萬里邈矣三

子而還淳澆樸斲貳心於主移

慕於親波靡於祿躬遯躬多

矣彼迂忠孝厲節義之徒托

案

宕圓通交讒信眔妄以捧檄絕
裾自附而謬為諧俗毋習為詭
考即梁六之期卅上之咽直硜
硜遇其人耳乃滅親令子去婦
瘞丸撓弱五世孟盡肆詈言瑩楚之鑿
撞惡予宅券俄然時有漱而然

又

非苟為瑰異爾也好奇者雖相宗尚以獨行自高而執於人情絜於中道且千里矣雖余覽六籍而鏡之古人其第忠品以復君諷君下者不失為諫君第孝品以尊親養親次者不至

為辱親證何難也節有違有
虧義引是有非凡為謬放溺
聞者破犖闕約違經而非示
之旁蹊邪竇令出入其間不
同義也當緣授集變起居皇
注行授魚感通神鬼知兄母

又

表一 十三

余

死名有至情男女恩愛獨之至倫行雖應出環中而迹繫理外途又同歧也然余又以之事求資父孝而移忠慷慨從容節期就義合之肯是雖云兩非所謂莫在中而賜且發焉者皆

是物乎昌朝神趣度勝留心
著述深旨標遠致悟奇宗所
善之如子贅言余業窺一斑
嘗寸臠矣其尊人高義我月
且首自推而母夫人自矢靡他具
有共姜之節昌朝不難為孝

又

子詎雖爲忠臣哉書既成屬余

余序之余惟照取諸鏡之形以

妍醜鏡亦行以否臧明鑑掩也四

始之生自性豈待乎直豪傑乎

詩爲凡民即鏡行孰與鏡以之之

而内照父在斯孝君在斯忠〻

孝樹基於節義奮起矣及鑑
而照之素庸愈乎雖能語以之
學焉而得性之近不學將浮華
而實違大遺而小察維及門高
弟且不免受杖結纓業來由
死之嗟世忘真說於似而忠孝

表二十五

叙

旨義者徒鏡之性情耶昌黎
之眂義義陽秋意盛尔云
賜進士第比部郎歷三州牧
雲間袁福徵撰

太原王穉登書

讀汪昌朝人鏡陽秋

懿德之好蒸民秉彝斯德之應違定民之所視為安危而世之所聽為理亂者也是故由乎善謂之生機由乎不善謂之殺機忠孝節義者所以植綱常型風教而使民相生相養於不遺者也頃世降風夷性不勝習至

使陷危者衆而亂日恒多此君子之所共憫也然而天良不泯有感必興舉古示今淑慝自炤春秋之作借魯史寓勸懲此尼父所以生萬世之具也後之史家雖不敢上擬春秋乃取千秋金鑑之遺意而以通鑑目之直欲以人自鏡而憬然感興有不容已者

此亦生〻之微權也海陽汪昌朝氏近
代博雅君子也工詠賦馳騁於詞場
而復有意於淑世之業於是輯古今
忠孝節義事人為之傳〻為之圖俾
既往之古人皆如影像之可睹故題
曰人鏡陽秋〻〻猶春秋也襃賞寓
焉觀者想像其形容景仰其淑懿

能不油然為興起耶此見君用心之勤洵古人生々之遺意也夫論古人懿德宜不盡此四端而倫典之大經立身之大節具是々諸德之領要而萬善之所為集也余居蓬蘿以闚觀於域中仰屋興思君父大倫守身大義人々提耳尤今日之所急者知君

之輯是編其有所感矣夫善吾性也讀是書而不知好非夫也好而甘自棄焉尤非夫也是性也萬世如一日苟自我作古安知後之好今不如今之好昔千載而下吾不信無其人雖謂汪君之發之也亦宜書附于篇

萬曆戊戌秋九月既望上元如真

老生李登書

人鏡陽秋贊 有序

余謝事歸田杜門靜攝焚名香啜苦茗日與高人野衲講求無生之旨蓋萬念俱灰矣獨好善一念老而彌篤若有根於性而不能已者暇日出武塘會新都汪君昌朝以所輯人鏡陽秋示予讀之欣然若

有當也人生世間惟爲善最樂又惟與人爲善其樂最大歷數生民之善有大於忠孝節義者乎昌朝分爲四綱綱之中有目焉博采先民之事以實之而其父母之節義因附列以垂不朽繪圖繫詞良模在目俾百世而下觀其圖如見其人

讀其詞思法其行非所謂與人爲善者乎此僕所深孚而樂與也曰爲貴以美之併以告宇内之樂爲善者其詞云書契既興著述如雲不關世教奚益人羣生民大倫惟君與父曰忠曰孝前有良武夫婦節義照映千古綱常不植何以戴

皇天而履后土惟茲陽秋寘會旁
搜揭三綱於二曜皎百行於九州
人倫寶鏡汪氏校讐法此自淵又
復何求
賜進士第兵部職方司主事奉
勑贊畫薊遼保定山東等處軍務
加四品服武塘袁黃撰

吳門杜大綬書

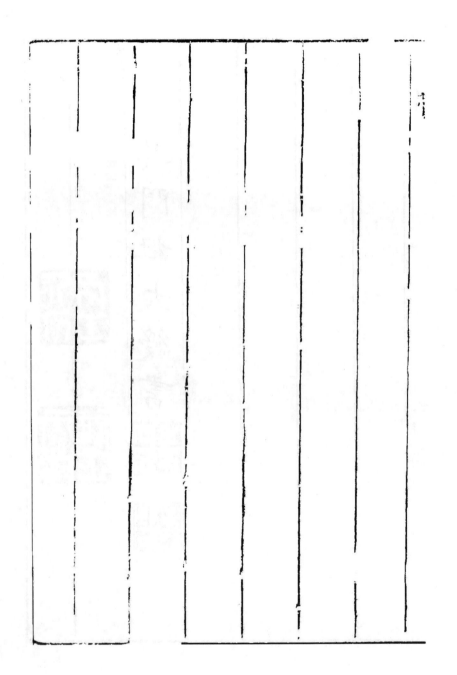

人鏡陽穐序

鏡之為言明也其義陽也人有心而均是
明德蓋衆著倫常昭昭然揭日月而行而
陽道彰亘宇宙云古者渾噩之風尚矣靡
得而鏡已中世淳澆雜而民行善者乃今
以特聞然季而風斯下也人徹或幾漸滅
而以昧本來面目非其質矣雖其德之晦

鬚卷然亦育無競競于得失之林焉屆今之並考古之衡所以育鏡也彼寡廉鮮恥而俗不長厚者豈其激之而弗興乎余嘗有慨于中日者承乏秩宗職司教化旦暮遑遑慮風之難恬公餘之暇海陽淮邑朝氏持育編乃鏡陽秋示余余曰而卒業則羅夫古先忠孝節義以訓者也乃傳其事

且繪之圖而交之義安之節因附列以垂
不朽夫鑒於水而知妍媸鑒於人而不憬
然悟瞿然顧化者豈夫也耶懿哉斯集誠
不啻秋陽之暴也者昌朝所盲得者深矣
或有曰夫人矣志忠孝節義凜如其天性
也惡取鏡人人鏡以爲贅說哉余曰否否
蓋聳上聽不廢憲章焉况以中林而涉世

以末流乎習以譸行覩記雖與俱譸可也不然而頑鈍無恥者比比也即陽曜翳蝕所時有耳追大明而瞻視俱新以惡知非有大覺而后知某為大迷也昌朝惡知有心者慨陽德以消鑠而揭茲簡切以編嘉与途人卷藍即其新而悔某舊耶推此志也雖與日月爭光可也而余嘉為弁某首

且託予攄於片言也
賜進士出身南京主客司郎中清源駱日
升撰

汪大同書

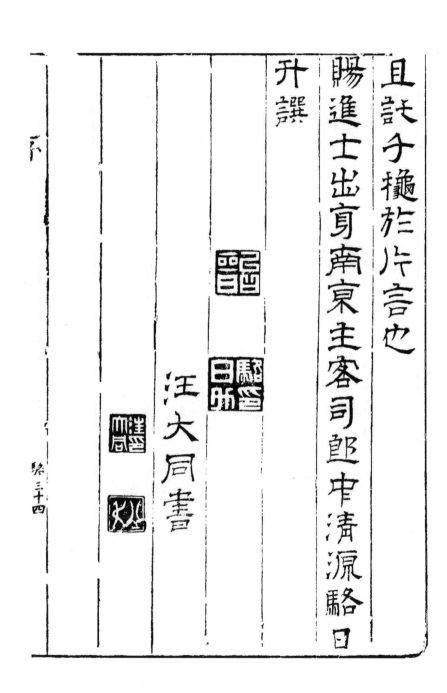

敘人鏡陽秋

余不佞以豫章司理徵入主政民部便道歸省海陽汪昌朝以所輯人鏡陽秋問敘於余余披而閱之見其目分四卷卷集一事揔古今忠孝節義者而覲肖之繪以傳之讚之

其意條分脈列甚廣甚悉且法吾
宣聖春秋不嫌自序其績如書高
人來歸鄆讙龜陰田例而紀父之
義如之節附焉余因顧而思仰而
贊天地正大之氣發爲揭詡洒耀
而生人人得天地正大之氣著爲烈

孝節義而某行偽斯四者雖謂之
全人非忠不可通於孝節不可通
於義也第隨題而異分孫分而甚
倫各某其一事之名以傳後世朝
氏取為人鏡夫亦取人識其意謹
其全而通照之庭築無愧其為人

訊

湯三十六

與然復寓陽秋之微旨於其間以
執彼史筆屢貶焚矣而剖心之後
流為沉汨孝徽久若大息而書志
之餘竊為此乏說一而終栢身自
甚非乎而銷奇者或為未然之執
昔無國而逸其陽甘餓死乎而好

名者或為陽狂之避位陰晦以陳
紀而立經緯迹至過中而失正此
人鏡陽秋所由輯也後之觀覽刻
者能擴其遍之見由一而窺之全識
陽秋之旨總括而歸之正斯書鮮
不謬亦偏之士不有稱推風教之

人

錫 三十七

余

一端矜抑余狂有說焉夫子訓仲

由以成人兼四者而文禮樂再次

如及危授命得思義質久要而

學為人道之常置諸言之於是又

觀人鏡者所書也

賜進士第戶部山東清吏司蓋

事邪人楊武烈撰

友弟王尚哲鏡遠書

又

楊三下、

故人餐巧秋

重重辉 半扇

乃三唐那重綱擂重

朱唐平乌重辞轩

赖婚王乃紫砂船捂福

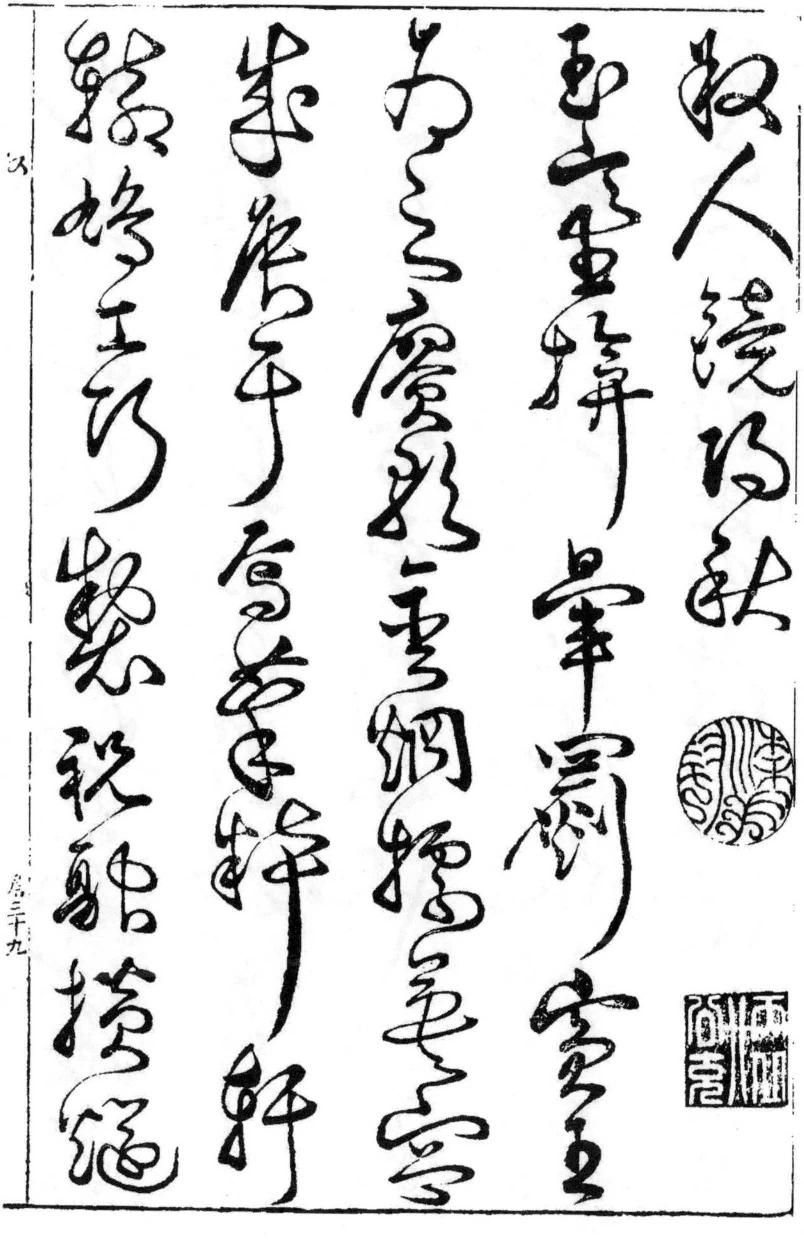

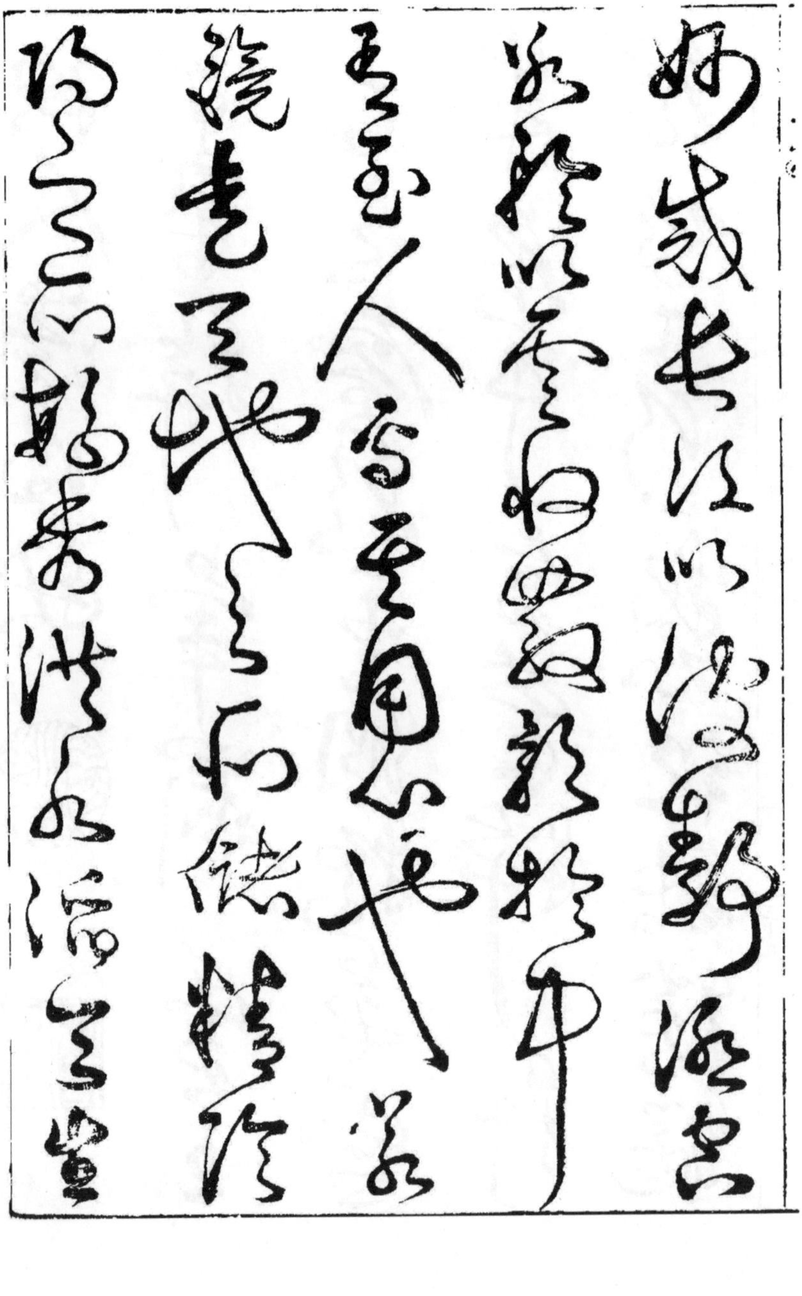

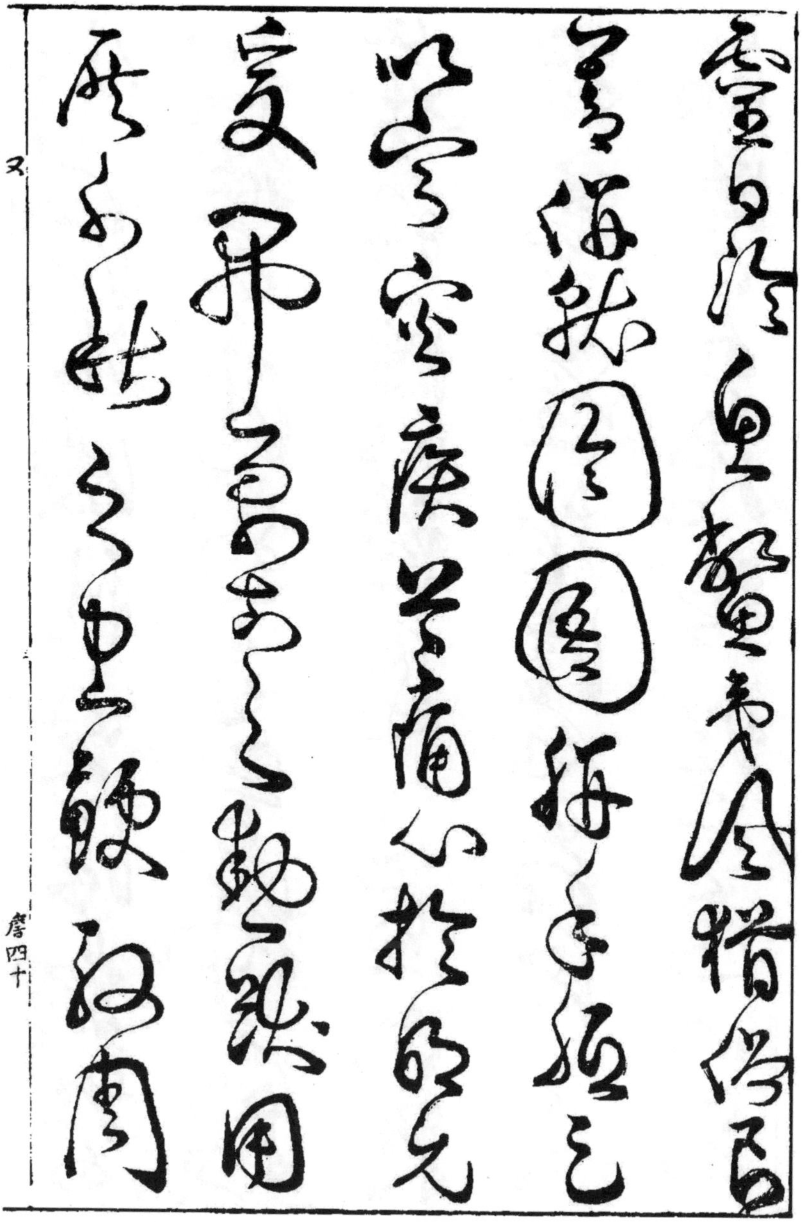

又

詹四十

則乃紀役形以濡觀於
枝踐之書以南言揚哉
靈緩淡以搖出之之敦
搽應垂振鑪以妻民之
胎是以孫稍釋之以為

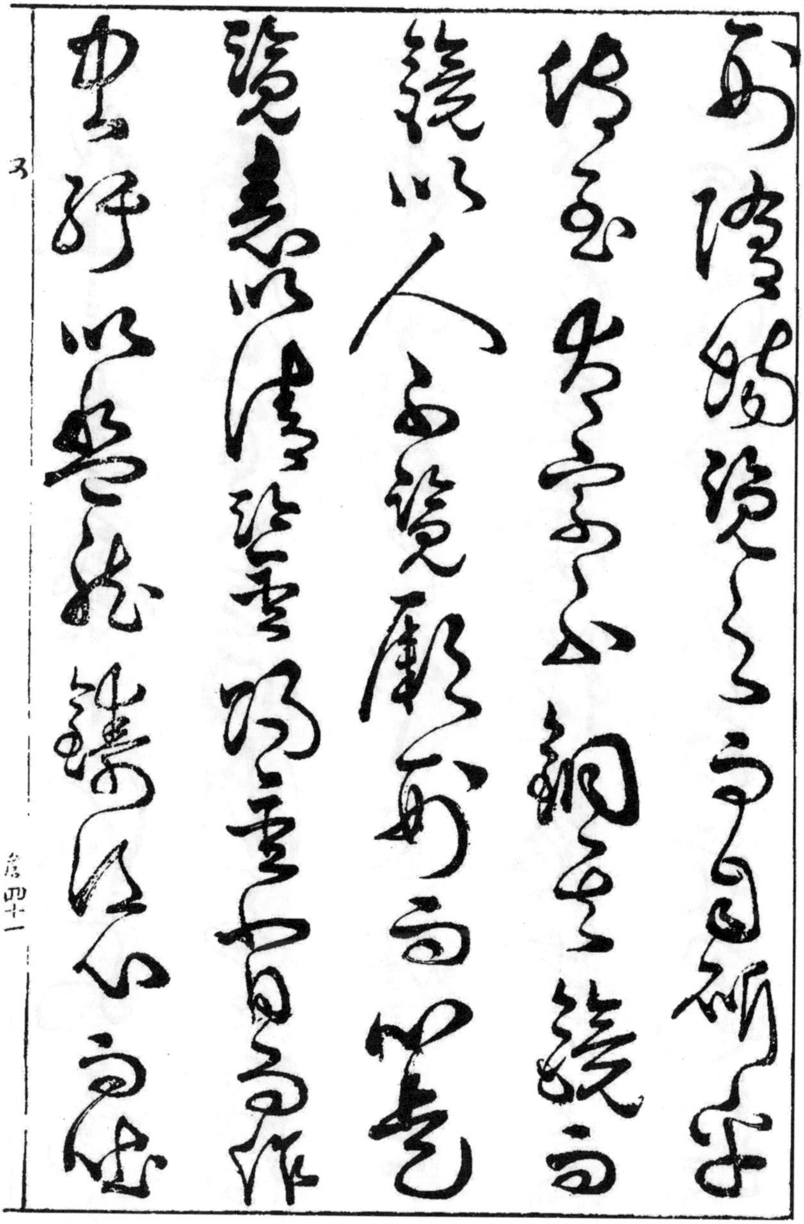

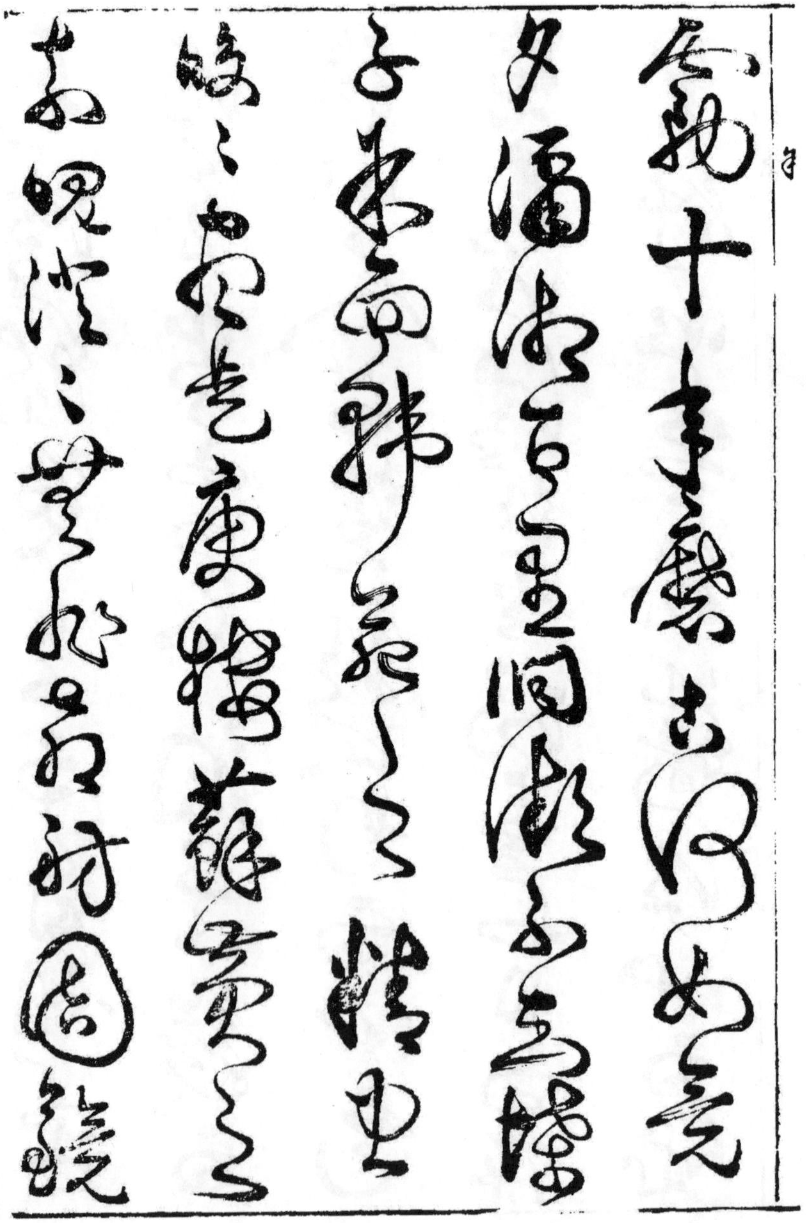

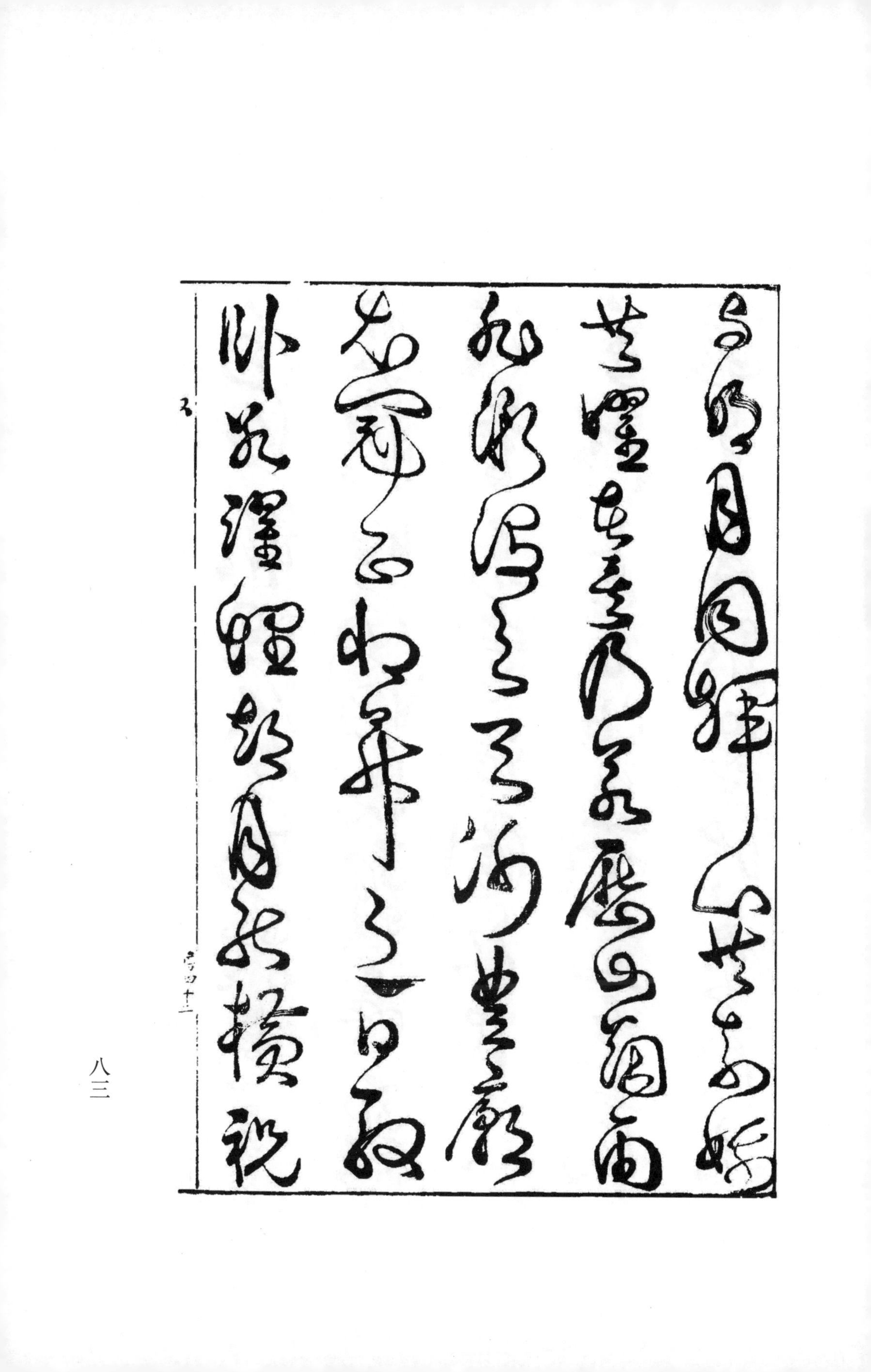

[illegible]

何以鄉國人以捷老云

思歸思何汲難運難

信書來要語圖死代之

垂猿去者何書密閑

忠私之與再辭出人良局之

加塵函由拖虚之詔遺

降鱼之氣亭波之之濱

乃無無山之之止足

𣪘之高之之惙志且𦫖之

脩蛛以浮由河𦩀廉之

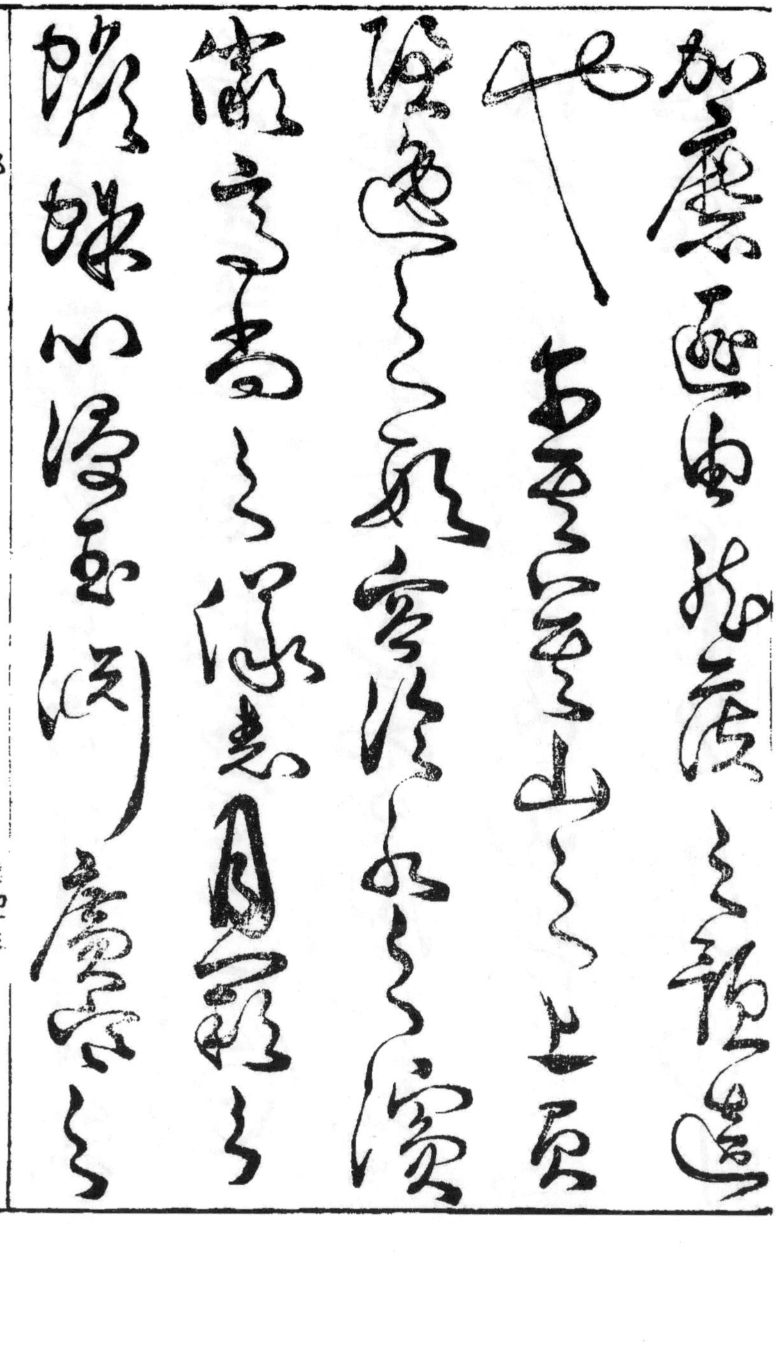

四十三

嫖姚白马黄金塞云沙绕梦思那堪愁苦节远忆边城儿萤飞秋窗满月度霜闺迟

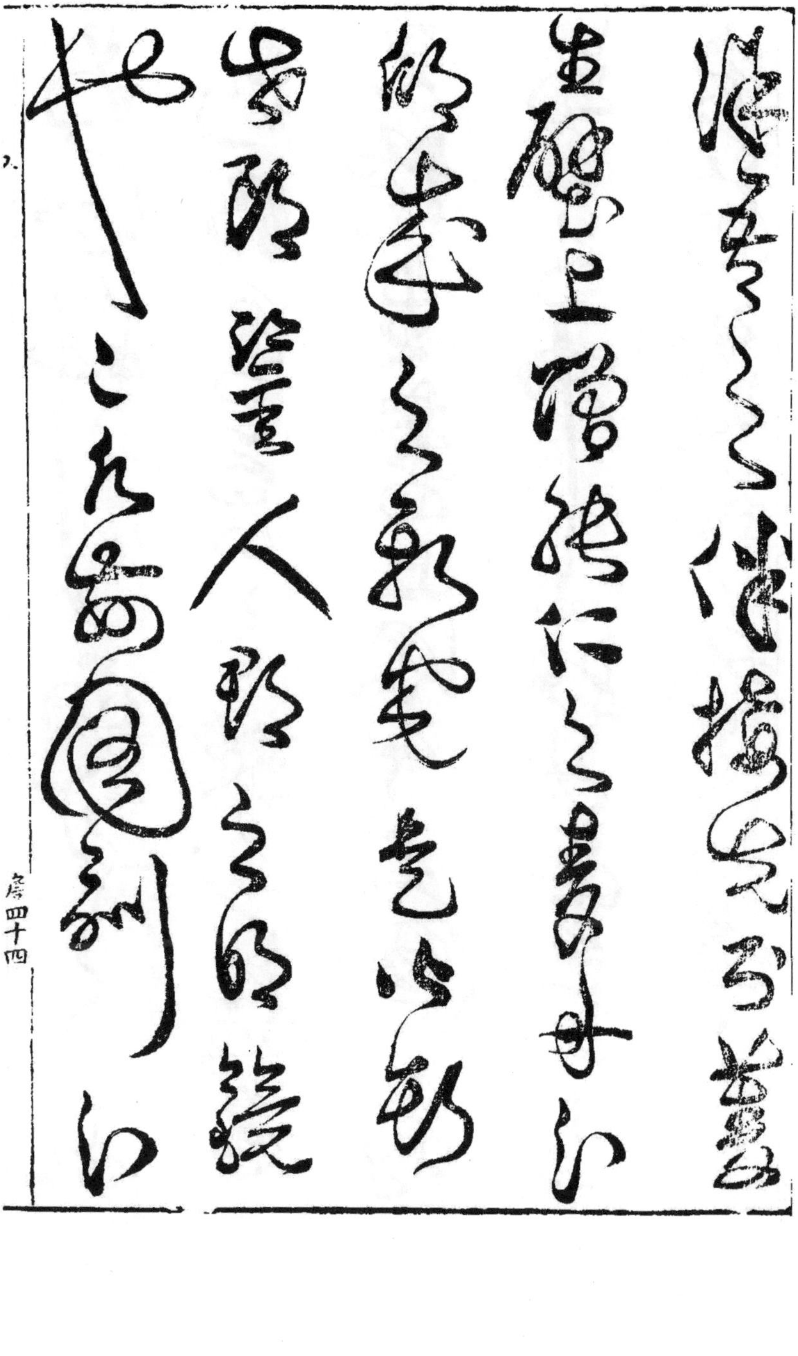

卷四十四

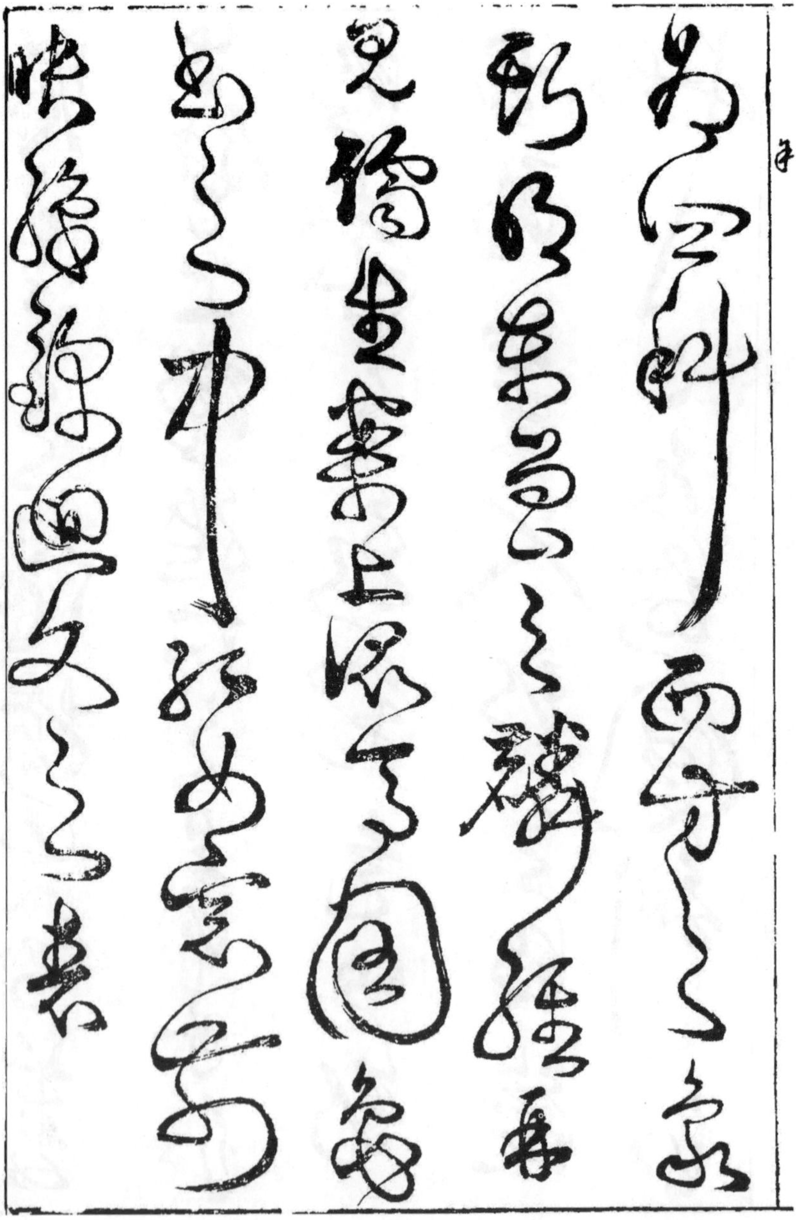

萬曆戊子秋七月
朔日作於家山

八鏡陽秋序

世人矢口好談忠孝節義然求其為其也忠其也孝其也節其也義則指不可多屈焉彼其人也紛紛遂遂心鏡弗徹而視聽常塗復歷之間慚德多矣徐生長玉與余言昌朝幼好讀書有直質而無流心至於今是圖而其先公大誣昭彰刑于被於三三慈

二序　汪四十六

人婦節各畝庶永終譽余諦聽之彼其一家之中不炳烏與往哲同風哉往哲作法後事者模之則昌朝之翁媪若摹乎往哲而亦實自為歐治也昌朝眷戀庭闈心不遑安居常手輯忠孝節義四科附以先德題曰人鏡陽秋為之像為之傳為之讚蓋皆事美一時語流千載像也者象也圖像則讚興傳亦烏乎已也臣烏

而各君其君子焉而各父其父婦焉而各夫其夫昆弟朋友之交焉而日同其羣四者之道不立則乾坤或幾乎毀故夫世有升降道有夷隆而忠臣孝子與夫節義之徒往往不少概見是書遡古以及今舉親以遺跡蓋已往之迹屬衆之所共睭親則獨擊可為自信故用載之以信于人其他懿美則又俟夫後之闡

汪四十七

幽君子觀者謂是舉也猶火之燭闇也猶雨曜之揭于中天也夫昌朝不特自鏡而顛人人鏡之人人鏡之而後往掊之懸鏡不虛孔子曰三年無改於父之道昌朝其庶幾哉然貌有妍媸人有善慝柰何獨榜其善殊不知善之能鏡慝于何有其即思無邪之意而陽秋之所由名乎故能為忠孝節義也

者是性與天合而自無慙德即欲爲忠孝
節義也者當三復是書而嘿曰彼居之子
其用心良苦矣長玉聞余説而頷之遂持
以詣昌朝
賜進士出身文林郎知湖廣荆州府石
首縣事宗人可進頓首拜撰

江四十八

序

里人金一中書

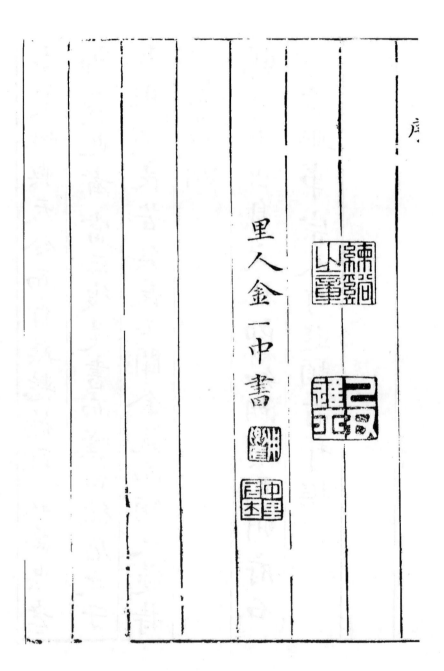

人鏡陽秋讚

汪昌朝氏採十經百氏所載忠孝節義之事分爲四科冊青其像斧藻其詞若翁若媪之義且節亦附列于後幾與往哲共千載命曰人鏡陽秋以古昔之高風而不朽其父舜豈不賢于俎豆尸祝

哉蓋子將月旦里黨傾心季野陽秋時
賢畏口然隘而不廣近而不愽遐稽遐
引未逮茲編斯其寵若山龍凜于黄
鉞者矣乃作讚曰
爰稽上古皇風沕穆丘墳典籍鴻纖
備録資父事君殉節蹈義闡顯方

趾戴天履地匪忠曷君匪孝曷親
含節與義何謂人倫鏡則鏡形而
不鏡心以人為鏡〻性及情性情悉
照形骸莫遁妍媸淑慝咸歸心鏡
群哲既登二人並列金石不磨丹青
不滅許則月旦褚則陽秋未稱博採

爲取兼收緝柳編蒲雕龍繡虎繄
誰作者曰昌朝父
萬曆己亥秋八月朔太原王穉登撰
雁門文從簡書

人鏡陽秋序

新都程涓巨源撰

汪君昌朝爲人鏡陽秋成以屬程巨源氏巨源氏卒業而三復味之夫人鏡者何以鏡人也非其貌之謂也陽秋者何以專美也非其衮鉞之謂也天下之生久矣槩之于人則爲臣爲子爲弟爲婦爲友者庶幾

乎畫人焉槩之乎人道則曰忠曰孝曰節曰義者庶幾乎畫人道焉是故爲像之像也者象也立象以盡意繫之傳以盡其言附之讚以揚摧其是君子於此得觀道三焉由黃虞以迄于叔季道德功力更迭凡幾爲皞〻者爲噩〻者甚之爲沾〻而皎皎者不無升降思焉是以論世道德之屬

率性而出胥學焉純之其或以意氣生其或以俠節奮其或以名利矯臚列而品騭之爲什伯爲千萬倍蓰而靡算焉是以知人世以時異人以毋殊乃其麗真常而以軌物若循環然直道而行百物不廢於穆之命健行不已者官之是以達天君子觀此三者故全也昌朝之緝此也匪以人鏡

聿稽先世有嚴君焉陳誼甚高著内德者不一而足自鏡而人鏡之無弗似者詩曰惟其有之是以似之此之謂也歷秊陽秌其數不憶千古而旦暮遇又何間焉詩曰高山仰止景行行止此之謂也既以自鏡毋鑑昏既以鏡人無爽德予于昌朝之望之也蓋躬自畜之百世俟之矣詩曰孝子

不匱永錫爾類此之謂也昌朝唯唯遂援

剞劂氏希之

萬曆二十七年己亥歲仲春月吉

吳高節希夷書

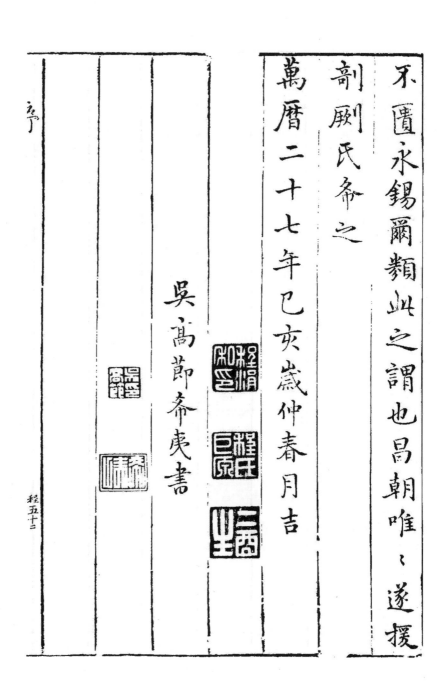

人鏡陽秋序

天下之語鏡象者莫大於日月故立

制器者象形而鑄之鏡是鏡也

豈惟器有之人亦有焉故曰以銅為

鏡則知妍媸以人為鏡則知善惡

鏡有古今人亦有古今古鏡可以

鏡物物鏡亦可以鏡物古人可以鏡人人人亦可以鏡人蓋千秋金鏡錄形諸詩也新都汪昌朝氏輯為人鏡陽秋集之以圖系之傳而復為之贊蓋君嗟歎之不足又從而詠歌之詠歌之不足又從而舞蹈之也者耶

能以人為鏡而與天下於忠孝節
義者哉故雖上遡於二帝三王而
不媿於遠覩六近於孫國未能而
不媿於習聞內舉於庭闈而不媿
於阿比觀於圖而衛協之泰離陸
探微之手雖不得專美於前矣

觀於傳贊而太史公以下之論贊可以並傳於後矣寔曰是編也其目則四其卷則廿餘其所之為孝者蓋而人列之為忠者蓋而人所之為節義者蓋若而人則於史傳之所紀載得無遺乎苟足遺為何以壽人今書

也予曰不然伯夷叔齊叙人也而恥
食周粟孔子嘗以為求仁得仁矣及
論叙有三仁而夷齊不與焉蓋亞
人之與人為善雖一時之一人雖一人
之一事苟可以鏡而已故其作春
材也嬾於隱以終於藪攤紀識以

帝

於二百四十二年前可以鏡而已必以
其無遺而後可以之鏡則黄雲以
上豈無其人而史為於差考闇淵
之下豈無其人而人且而不聞又矣
以稱鏡乳交惟法聖人鑄鏡之心而
為之鏡則不必鏡若耶之銅與盤

髡之玷而典刑，兵交以人爲鏡，不然而爲楊仲呂之祥，對舞雞鳴爲之殊，而善與子君人以鏡，爲人斯編也，終乎其爲陽秋也，寓懲戒爲習，回有邑哉，子其書之，爲端。

萬曆己亥秋，長洲張鳳翼序

閱人鏡陽秋題語

人鏡世與世鏡人與忠孝節義形蹤人妍媸媺惡形蹤鏡夫人世之鏡與為千古之人而無千古之鏡繪傳人者也雕傳鏡者也在鏡中而為人鏡出鏡外而鏡、中人蓋昌朝氏之雕人鏡

夏吾

鄭五十八

陽秋與管尼父之鏡文也曰黯然而黑幾然而長眼如望羊如王四國而萊子之徒還而鏡之曰脩上而趨下末僂而後耳視若營四海尼父鏡而妍者也萊子鏡而媸者也夫人不能為人妍媸而能為妍媸者夫陽秋之

圖可廣也彼且言而成繪此乃繪畫
成鏡俾千古之後穰然怡爲恍惚如
見忠臣孝子義夫節婦於鏡而陽
秋之者匯此昌傳也昌朝志在千古
而爲千古鏡而兩尊人首且在鏡中
俾千古之後旅於忠臣孝子而鏡

廼書

鄭五九

之者夫昌朝氏獨非陽秋中人與
夫世所謂陽秋之者皆形而妍者
也鏡無飾妍而繪飾之鏡無定而
繪有定余得摟妍繪而索妍鏡
世必有同余索焉而歸憎其貌
者則昌朝氏之鏡遠矣哉

己亥秋仲虎林鄭之惠書於石
人隱居

弁人鏡陽秋首

汪昌朝繪古今賢聖之蹟分為忠

孝節義而總署曰人鏡陽秋語

在黃司成祝黃門序中雖曰

夫昌朝繪以為事鏡得失乎抑

義以情極情至鑑常兩之是無

張六十二

毛雖傾字照而所肖冒氣為畫

曰是不然冒氣畫無之無以鏡不

畫在之鏡不見見不為也夜對僊

和極秋牀之形六分丹青周昉韻

趙郎之神彩攝形靈心技

圖觀而而是美無刺者何也

曰是離昌象之所致也天地生物陽
秋並行聖人御權刑德兩用
匹夫畫無所以過已矣以濟畏將
安篤乎雖然像具矣又照焉可
也而必綴以文者何也曰是又離昌
象所得已也素生海袖雅一爲集無

千

張六十二

之廣經下數行忽觀陽山之源
發橫畫水血染淹池平陽功壯
象短於人奴隴西茹奇膽礙於
射角此皆筆端之造化焉人
之至文可乎所不得行焉焉
然而不可不然者也不寧惟是乎

年大塊碎碣零碑神
渡苦備人無之疑難姓字朔明如
同草木於腐朽况乃至法書華
勝迹又思小謙窮茲自經總琺
一途尤難更深黄象毛穎之功
寔耀縹緗之上昌象昌象斯

卉

張六十三

萬不朽

追邁法鍾繇元常之題

王世壽書

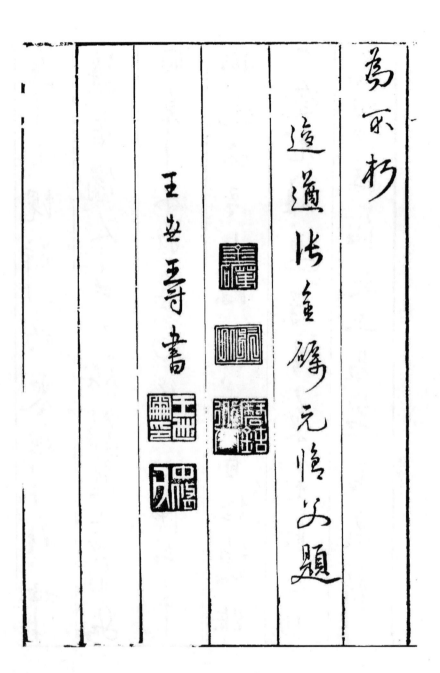

敘汪昌朝先生人鏡陽秋

余不佞瞥宗湖陰，湖陰賈藪也，安得一怪長者遊相與謀性命之秘，契達生之理，解縛解網，乃逍遙而愉快乎，宴有

游揚新都汪昌朝先生游神

又　張六十四

余

著述怡情象石直昌之羲皇上人

余咏咏者久之而心未能許

乃穿復持先生兩編以進禱

讀無如子瞻云理析秋毫見

徹元妙言不煩而意具足不

虞々之有是畸人也然髓其

撮寸衡耳後睹人鏡陽秋
一書則臚分夫古先賢儒忠
者孝者節者義者畢而人析
為四部部之中又析為影像
之傳之後論讚之而陽秋之
意佳之寓焉者豈其妄肆品

文

張六十五

隳自效隱居放言者流哉志在倫常心懷世道鰓鰓肰惟懼風會日趨民行日澆直以一人而肩天地之重以一時而担萬古之憂三綱五常必岳乎植立而無歉耳彼其尊

人行義無窮鄉里飲其施縉紳口其德則及閫內而身沒之後負操秉節者不一而足僉謂陽秋之編宜乎附見何諫何嫗之賢夫然後知先生之所以能善此者蓋其先世

之賢節發祥於茲也然非有

先生能承能述而前人媺行

盛德志能流光垂耀哉余是

以不能忘情於先生而側思

夢想惟一親承為幸辛丑秋

會先生降茲土余始親之蓋

瞿瞿然不勝衣者訖而披襟
領契多揮所見而先生雖精
雕龍綠佛是以篆流作追往
昔且于積筏記題之書靡不
極心方且寧神專氣方且探
玄覽真方且慕同流雲臥而

又

心啟乎紛華是書悉之以盡其萬一載敬序數言於簡端以志一日之雅云

太平府蕪湖縣儒學訓導

侍教生張大經頓首拜譔

友弟項昇頓首書

人鏡陽秋自叙

予聞之人之所以異於禽獸者幾希容可不存哉然而物欲滑和頓迷初性裂維蕩檢自甘人面行獸而不覺柰何言存至卒然感觸靈竅現端與一善者遇必躍然喜與一不善者遇必怫然惡又柰何言不存蓋存者其真而不存者其蔽蔽則不自覺而真則能覺人試以覺人者自覺念念返照在在

得師所為保衛幾希而無失人性者於是乎在愚竊有所自勗謂幾希實際無大綱常身任綱常以率其初性則有忠有孝有節有義良心所以不死天地所以清寧而人類所以自別於禽獸特有此耳愚上下千古心竊有所嚮往焉於是韜迹環翠堂闔門謝客蒐諸史百家人足風世者採而集之以成當書分四部則忠孝節義部各分五六類則忠孝

節義之有異同自黃虞迄今每部約得百人每人先貌以圖次紀以本傳次斷以臆見無論奇蹤質行惟其不失初性而足具斯人典刑則載之標以人鏡陽秋竊取以人為鑑而寓春秋褒善之意云夫鑑以鑒形而人以鑒心人心每動於觀感見人有善則生一艷慕心見人善不為己有則生一愧恥心且慕且愧奮力求前幾希庶以常存而得自免於禽獸

則典刑具在也此予所自勗亦願以勗人合今古得數百人合數百人各為論述神勞思瘁凡三越寒燠而成稿稿具而自証自改且復再三然終不敢自信於是出而質之郡邑諸知交曰可已而乞靈玄嶽取道豫章以抵楚則又質之豫章三楚諸宗工曰可越明年負笈虎林既又泛舟檇李過長水武塘歷雲間轉吳門其間諸宗工賢雋靡不受容接而參証之僉曰

可又明年試留都留都為海內人士所萃則又參證而許可然後論定蓋合四方聞見採千古公評毋敢以私意進退其間凡七閱歲而書始成乃敢謀付之剞劂以公海內予所自勗與衆共勗之耳鄉人聞是刻交口贊勉以予先君生平高義族里飲其施藉藉口碑盡人可述而三母氏各矢婦節一死一守一持大體而有其家具載縉紳序

傳中僉謂節義交映宜附是刻予小子深懼焉門内之私何敢輒續貂以來訾議請辭謝刻且跋事鄉人復固持前説而且責以義予小子安敢復固辭哉寧以身謗毋寧以避謗故掩先德嗟夫先君喜讀諸史事每取鑑古人要点謂受命為人踐形惟肖予小子是用兢兢不肖是懼因人為鑑而因共鑑于人庶幾可稱靈於異類若乃以嚴慈附入

末簡則鄉評為政予小子不得專之矣敢叙成書
始末俾觀者庶乎鑒愚衷而寬愚罪云環翠主
人汪廷訥識

萬曆庚子春中和日孚寉山人金懋德書

[illegible]

訛正姓氏

武塘顧際明良甫父

仁和錢養廉國維父

黃岡汪元極寓庸父

新都畢懋良師皐父

長洲文從龍夢珠父

虎林黃汝亨貞甫父

豫章鄧文明泰素父

新安洪輔聖孟隣父

錢陸稼京正姓氏

會稽翁汝進子先父

海陽張日休德符父

雲間陸萬言君羽父

齊安秦繼宗敬伯父

新都胡思伸君直父

長水毛應銓元衡父

閩中祝君壽良弼父

檇李沈道原泰始父

古歙畢懋康孟侯父

吴門薛明益虞卿父

羅浮韓　晟寅仲父

星源汪道崇寓庸父

江東李長庚明卿父

長洲姚希孟孟長父

當湖陸從諭耳宣父

秣陵張振英玄度父

新安汪泗論自魯父

莆田許大經伯倫父

姑蘇姚應登庸甫父

碧陽汪　濟君楫父

武林鄭之惠孔肩父

武昌胡　基均培父

古歙程子鏊和以父

江東江　鎣士美父

吴會汪起鳳来虞父

晉江莊志伊國重父

嘉禾袁瑞徵上符父

武塘袁天戚若思父
延陵吳隆時中甫父
豫章祝抱一渾若父
長水施鳳來伯羽父
吳門張世偉異度父
海陽汪康謠順則父
澧陽尹良琦文華父
雲間袁之熊非之父
古杭王元壽伯彭父

句吳胡應鍾律夫父

古歙程子鐸天以父

錢塘徐　亮信甫父

檇李奚文嵩高甫父

江東傅汝循孟慱父

閩中鄭翰卿堯鄰父

仁和沈朝燁幼醇父

古巢李應通用健父

碧陽汪瑞卿君和父

吳會沈柱臣公爾父

古皖李玄圭信甫父

休陽金文燿元奎父

平湖徐調元襄之父

東海徐淳孝伯諧父

古杭羅大冠玄甫父

南城上官楷進中父

吳郡郟國豐豐玉父

星源汪文偉仲簡父

錢塘朱文啟公朗父
大治李之魁文鄉父
江東張文頡維光父
瑯琊王景臯元邁父
閬中馬歘季聲父
㕑林林杞楚材父
延陵吳道行孟通父
魏塘莫龍徵雲從父
彭城金維基厚之父

仁和張炅然維闇父
黄岡王追皐執之父
長洲陳五典勑我父
宛陵劉敦復太一父
武林吴之鯨伯霖父
海陽王尚哲鏡遠父
華亭姜雲龍神起父
楚新蔡周㫚子和父
姑蘇劉羽德所敬父

晉江曾子唯時應父

古杭張楷端甫父

德興祝得一肅若父

魏塘袁士鯤南之父

吳門杜大綬子紆父

錢塘張明昌二寖父

古黟汪有常聖基父

嘉禾李應斗拱之父

鶴胡沈萬軻仲容父

歷陽蔣　烇之闇父

句吳何天錫申甫父

武林陸　東宗望父

岳陽張應鍾以聲父

檇李陳五禮秩元父

蒲口吳　彬文中父

武塘姚光尹景衡父

虎林張蔚然維成父

環峰徐夢熊兆聖父

槎江馬　鴻遂翔父

吴會潘任曾重甫父

平江欽対陽叔子父

新安項昇仲旭父

檇李顧中咢孺直父

碧陽汪聲振孔成父

鯉湖洪　寬仲韋父

採用考索書目

易經	尚書
毛詩	春秋
禮記	左傳
公羊傳	穀梁傳
胡傳	國語
周禮	家語
孝經	楚辭
戰國策	史記

西漢書　東漢書
三國志　晉書
宋書　南齊書
梁書　陳書
後魏書　北齊書
周書　南史
北史　隋書
唐書　新唐書
五代史　宋史

元史　汲冢周書
汲冢瑣記　三五歷記
帝王世記　黄帝内傳
穆天子傳　越絶書
晉文春秋　楚史檮杌
吳越春秋　兩漢記
東觀記　皇甫謐年歷
衝波傳　春秋繁露
劉向七畧　劉向別録

續漢書　譙史考
春秋内事　魏略
魏武故事　王隱晉書
晉中興書　陳氏吴帝紀
九州春秋　十六國春秋
通鑑外紀　史通
唐鑑　古史
路史　桯史
遼史　三朝記

國史補　典畧
劉璠梁典　東萊博議
朱子綱目　祖庭事苑
祖庭廣記　素王事記
闕里世載　劉向孝子傳
師覺授孝子傳　列女傳
文士傳　韓詩外傳
皇甫謐高士傳　嵇康高士傳
楚國先賢傳　五代新書

新安文獻志　山海經
九域志　地里志
縣道記　寰宇志
風土記　山經圖贊
括地志　三遷志
陋巷志　辛氏三秦記
晏氏齊記　楊雄蜀本記
賴鄉記　闞駰十三州志
三輔故事　七國形勢考

周處風土記　荊楚歲時記
京邦記　元和郡縣志
山川記異　十道志
永初山川記　補齋記
郡國志　虞衡志
黄恭十四州記　華陽國志
華山記　中山記
湘川記　湘中記
南越志　青城記

述征記　盛弘之荊州記
海物志　相臺志
野記　燕山録
北戶録　益州記
陳留風俗傳　三巴記
四明山記　廣志
襄陽記　嶺表録異
洛陽記　豫章記
建康實録　玄中記

大明一統志　唐會典
唐六典　貞觀政要
王度記　環濟要略
大明會典　憲章録
五倫書　旌忠録
鬻子　太公金匱
老子　管子
晏子春秋　莊子
列子　子華子

老萊子　鄧析子

墨子　隨巢子

纏子　王孫子

公孫文子　闕子

范子　亢倉子

文子　關尹子

長盧子　公孫龍子

尹文子　慎子

魯連子　鬼谷子

申子　商子
尸子　荀子
韓非子　呂氏春秋
鶡冠子　陸賈新語
晁錯新書　黃石公素書
賈太傅新書　淮南子
劉向説苑　劉向新序
鹽鐵論　桓譚新論
楊子法言　太玄経

白虎通　風俗通
蔡邕獨斷　王充論衡
潛夫論　牟子
魏子　徐幹中論
忠經　申鑒
仲長統昌言　周生烈子
孔叢子　譙周法訓
典論　人物志
任子　阮子

唐子　秦子
傅子　杜氏新書
物理論　抱朴子
苻子　金樓子
文心雕龍　劉子新論
正部　文中子
元經　通語
玄真子　炙轂子
天隱子　譚子

鹿門子　無能子

聱隅子　龍門子

郁離子　意林

三子口義　老莊翼

文選　文苑英華

文粹　文鑑

文衡　古樂苑

六朝詩　唐樂府録

唐詩　急就篇

蔡中郎集　曹子建集
高堂隆集　魏名臣奏議
阮嗣宗集　嵇中散集
曲江集　駱賓王集
擒首集　岑嘉州集
盧照鄰集　陸宣公奏議
韓昌黎集　柳河東集
皇甫持正集　白氏長慶集
皮日休文藪　元賓集

李太白集　李文饒集
咸平集　韓安陽集
曾南豐集　包孝肅奏議
六一居士集　王臨川集
陳宛丘集　蘇文忠公集
文潞公集　李盱江集
龜山集　秦少游集
趙清獻集　屏山集
張文獻集　晦菴文集

象山集　富鄭公集
孫雪窓集　真西山集
王梅溪集　尹和靖集
魏鶴山集　木鍾集
劉忠諫集　渭南集
謝疊山集　楊鐵崖集
文文山集　車若水集
遜志齋集　滄螺集
王文成公集　鄒東廓集

羅念菴集　聶雙江集
王青蘿集　歐陽南野集
張文定公集　何吉陽集
唐荊川集　李空同集
程篁墩集　吳匏菴集
唐漁石集　楊升庵集
陸文裕公集　芝園集
田叔禾集　李滄溟集
弇州集　容春堂集

鈆堂集　巖甗集
蘭暉堂集　太函集
息園文稿　歸太僕集
李卓吾集　北堂書抄
藝文類聚　事文類聚
初學記　白孔六帖
通典　類林
冊府元龜　太平御覽
太平廣記　通志

通考　玉海
合璧事類　山堂考索
海録碎事　稗編
事詞類奇　焦氏類林
天中記　彙苑
博物策會　事物類考
萬花谷　埶林咀華
玉曆通政経　星経
相雨書　黄帝風経

五行傳　玉策記
司馬法　六韜
三畧　孫子
吳子　尉繚子
李衛公兵法　鬲鈐経
武経七書　趙氏兵書
民間書　握奇記
百将傳　裴緒陣法
耒耜経　農書

蠶經　爾雅
埤雅　廣雅
小爾雅　釋名
許氏說文　埤蒼
六書精蘊　蒼頡解詁
吕忱字林　張懷瓘書録
韻會　集韻
萬姓統譜　千姓編
小學紺珠經　格物總論

格物要論　事物紀原
造化權輿　物類相感志
齊民要術　陰陽自然變化傳
釋常談　方言
古今註　通俗文
關令内傳　神異經
管輅別傳　鞏虞決疑要録
西京雜記　博物志
世説新語　冥報記

志林　艾子

欒城遺言　宋景文筆記

孔平仲談苑　曾公類説

晁氏客語　松漠紀聞

耆舊續聞　容齋隨筆

續筆　三筆

四筆　五筆

癸辛襍志　曲洧舊聞

游宦紀聞　鶴林玉露

書齋夜話　訥齋嘉話
捫蝨新話　夢溪筆談
東軒筆録　蔵一話腴
松窓寤言　梁溪漫志
賈氏談録　黄氏日抄
學齋佔筆　齊東野語
孫奕示兒編　野客叢書
封氏見聞記　聖宋掇遺
四朝聞見録　嘉話録

困話録　傳疑録

吴曾漫録　鼂璞編

泊宅編　貴耳集

雞肋集　盡心集

百川學海　詭邪

田間書　草木子

嬾真子　日格子

古言　摭言

野老紀聞　庚鯖録

涪陵記善録　幽明録
餘冬序録　緑雪亭雜言
楊子卮言　藝苑卮言
自樂編　永晝編
續古叢編　志雅堂雜抄
豫章漫抄　翰林雜事抄
雙槐歲抄　瑯琊漫抄
視聽抄　墨客揮犀
秇林伐山　談苑醍醐

士翼　筆乘
璞語　野史
留青日札　可言集攷
程氏攷古　聽雨紀談
灼艾劚談　南窗紀談
席上腐談　螢雪叢談
澠水燕談　簷曝偶談
書言故事　綱目故事
日記故事　五寶故事

七寶故事　金壁故事
性理　二程語録
上蔡語録　龜山語録
五峰遺文　晦菴語略
南軒語録　象山語録
慈湖語録　近思録
言行録　胡氏傳家録
涑水迂言　温公傳家集
元城談録　石林家訓

華嚴經	圓覺經	心經	莊渠遺言	藝文類稿	傳習錄	輟耕錄	草廬輯粹	橫浦日新
定觀經	維摩詰經	楞嚴經	困知記	白沙文編	居業錄	王陽明文錄	讀書錄	自警編

雜寶藏経　正法経

起世経　樓炭経

正齋経　遺教経

四十二章経　瑜珈論

起信論　分别功德論

佛地論　新婆娑論

毗曇論　五燈會元

傳燈録　淨名疏

宗鏡録　僧寶録

弘明集　古今佛道論衡
法苑珠林　肇論
林間集　僧祇律
永嘉集　教乘法数
還源觀　唐高僧傳
原人論　折疑論
平心論　陰苻経
清浄経　了真経
普耀経　北斗経

玉樞經　　　　水火真經

神霄經　　　　仙苑編珠

七聖記　　　　列仙傳

真僊通鑑　　　茅君内傳

定真玉録　　　三教珠英

[illegible][illegible][illegible][illegible]秘[illegible][illegible]書目　一

人鏡陽秋總目

人鏡陽秋忠部目

勳猷類

伯禹　　皐陶

伊尹　　傅說

周公旦　　召公奭

丙吉　　魏相

姚崇　　宋璟

狄仁傑　　張九齡

陸贄　　趙忭

韓琦　司馬光

程頤　魏了翁

吳泳　于謙

王恕　劉大夏

戰伐類

呂望　孟舒

趙充國　鄧禹

諸葛亮　韋叡

郭子儀　李光弼

裴度　曹彬

岳飛　徐達

諫諍類

關龍逢　比干

史魚　周舍

屈原　汲黯

朱雲　王章

魏徵　陽城

柳公權　唐介

呂誨　沈鍊

楊繼盛

奉使類

陰飴生　蹶由

蘇武　鄭衆

班超　温嶠

鄭元璹　富弼

洪皓　朱弁

致命類

晏子　弘演

柱厲叔　杞梁華舟

伍員　王蠋

王尊　嵇紹

周顗　卞壺

袁粲　程文季

堯君素　顔杲卿

張巡許遠　張興

段秀實　顔真卿

孫揆　陳喬

劉韐　陳文龍

文天祥　謝枋得

余闕　花雲

劉球　孫燧許逵

人鏡陽秋孝部目

劉氏

色養類

老萊子　黃香

茅容　毛義

王悅　盛彥

王起　李皐

李迥秀　徐積

呂希哲

永慕類

致死類

尹伯奇　申生

卞莊子　皐魚

殷陶　曹娥

龐孝女　荀灌

潘綜　吉翂

張藏英　詹惠明

趙氏女　詹孝女

鮑壽孫　危貞昉

誠感顥

郭巨　孟宗

杜孝　劉般

何琦　阮孝緒

庾子輿　匡昕

熊衮　張士嚴

黄芮　朱泰

査道　原穀

呂良子　陶明元

趙孝婦　　沈紀

人鏡陽秋音目

人鏡陽秋節部目

狷介類

北人無擇　卞隨務光

伯夷叔齊　介之推

爰旌目　譙玄

向長　嚴光

王霸　趙壹

陳登　龐德公

孫登　張翰

郭璞　索襲
劉之驎　陶潛
宗炳　沈驎士
褚伯玉　馬樞
張志和　朱桃椎
陸龜蒙　李約
林逋　漁父
朱希真　褚伯琇
呂徽之

剛操類

柳下惠　魯男子

趙岐　皇甫規

范滂　鄭玄

戴就　傅爕

關羽　皇甫謐

羅企生　褚淵

虞寄　沈瓚之

政和公主　劉安世

陳師道　秦君貽

薛瑄　楊賛

臣節類

程嬰杵臼　豫讓

欒布　温序

張悌　完顔陳和尚

子節類

申鳴　石奢

趙苞　陸績

石演芬李璀

婦節類

宋伯姬　韓憑妻

京師節女　樂羊子妻

明恭王皇后　竇氏二女

魏溥妻　裴氏婦女

高愍女　楊烈婦

王凝妻　任氏二女

章瑜妻　王貞婦

譚氏婦　汪淵正

熊烈女　孫烈婦

莊八兒　汪氏婦

友節類

左儒　左伯桃

王良　李篤

臧洪陳容　鄭衆

鄺達禮

人鏡陽秋義部目

高尚類

惠愛類

山濤　胡威
郭文　孔顗
謝弘微　張融
李幼廉　韋夐
李德林　杜黃裳
鄭氏　張詠
張知白　張孝基
劉留臺　林積
許衡　陶仕成

尹氏　張二郎

柳仲益

義門類

石碏　萬石君

陶侃母　庾袞

楊津　張公藝

柳公綽　韓億

吳庠妻　陸子静

鄭濟　張肅川

以上父子之義

杜林　　薛包

李文姬　　郄鑒

元德秀　　杜衍

趙彥霄

以上兄弟之義

梁鴻妻　　孫泰

姚雄　　劉方

以上夫婦之義

義合類

馮驩　田疇

唐玨

以上君臣之義

郈成子　季札

管仲鮑叔　朱暉

范式　徐穉

荀巨伯　徐晦

白敏中　鍾離君

以上朋友之義

周主忠妾　李善

庾氷郡卒　趙延嗣

阿寄

以上婢僕之義

人鏡陽秋卷一

明新都無無居士汪廷訥昌朝父編

忠部

勳猷類

無無居士曰端揆之任在格君心君心格而治舉矣蓋德業非兩途人臣之勳猷即君德之餘緒凡禮樂刑政並宰之君心彼但不徧物以治爾古大臣之治事者先治心也堯舜何嘗以道自處以藝處人哉可識勳猷已

忠部　人鏡陽秋卷一　二一　環翠堂

伯禹

虞伯禹陳謨于帝曰后克艱厥后臣克艱厥臣政乃乂黎民敏德又曰安汝止惟幾惟康其弼直惟動丕應徯志以昭受上帝天其申命用休又曰德惟善政政在養民水火金木土穀惟脩正德利用厚生惟和九功惟叙九叙惟歌戒之用休董之用威勸之以九歌俾勿壞帝曰地平天成六府三事允治萬世永頼時乃功卒以天下傳之禹焉

無無居士曰禹鑿龍門排伊闕决渟水致之海豈甘臣虜之勞哉恐溺天下也曁文命四敷保治之心孜孜無已乃陳克艱之謨克艱焉則汝止安矣安君心所以安天下也故不怠之心一艱心也總師之命一拯溺也猶然胼胝之勞茲唐虞傳心之旨哉

忠部

四

環翠堂

皋陶

虞皋陶陳謨曰允迪厥德謨明弼諧慎厥身脩思永惇叙九族庶明勵翼邇可遠在兹又曰在知人在安民知人則哲能官人安民則惠黎民懷之又曰予未有知思曰贊贊襄哉故帝以為昌言而稱禹與皋陶其能調者有以夫

無無居士曰　山有言唐虞之際道在皋陶夫皋陶所職者刑而謂道在何耶嘗推其故矣彼道之大原出於天皋陶陳知人安民一

則曰天工人代一則曰視聽皆天洞契大原
哉斯為格心之純臣矣其功業爛然與禹稷
並也乞宜柰何徒以法家視

竟陽火長

忠

六一

羅星堂

二三三

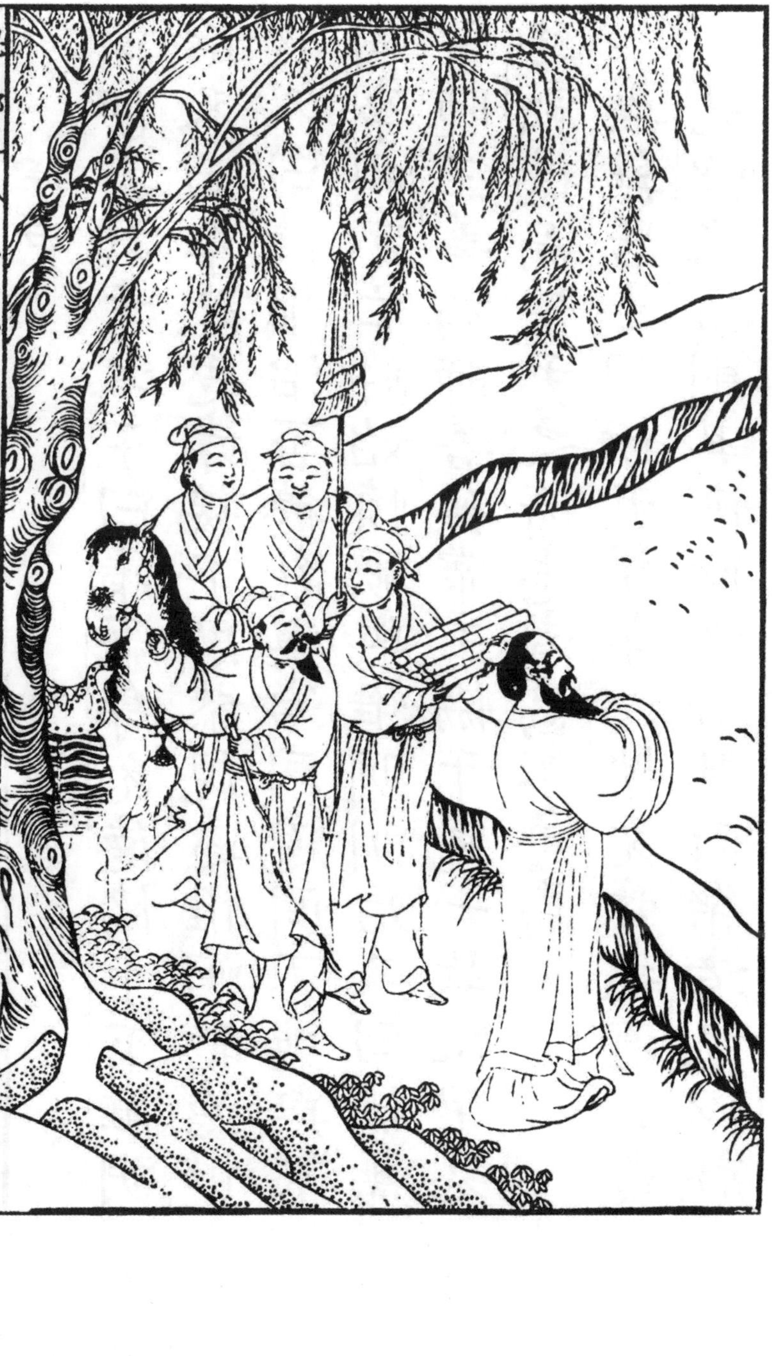

伊尹

商伊尹訓于太甲曰脩厥身允德協于下惟明
后又曰奉先思孝接下思恭視遠惟明聽德惟
聦又曰德惟治否德亂與治同道罔不興與亂
同事罔不亡終始慎厥與惟明明后又曰德無
常師主善為師善無常主協于克一故太甲克
終厥德而伊尹之所志者為不負焉

無無居士曰伊尹耕莘以樂堯舜之道苟遇
堯舜之君則其所陳者皆其所樂者也以就

桀為大人急於成功乃淺之乎視尹矣夫尹之道精一執中之道也此中在人桀有之湯有之太甲亦有之初何夏商其心心乎生民之樂也顧用之者何如耳惟太甲思庸則用之而樂在矣至克終厥德而莘野之樂者斯竟也是為尹之志云

傅說

殷傅說版築高宗夢帝賚良弼審象求得之爰立作相說告高宗曰惟木從繩則正后從諫則聖后克聖臣不命其承疇敢不祗若王之休命又曰惟厥攸居政事惟醇故高宗曰旨哉說乃言也卒之商道中興而阿衡弗克專美于前矣

無無居士曰胥靡作相帝夢是徵則商家之霖雨一傅巖之烟霞哉夫說之相業以學為先始曰乃來而莫知所以來終曰罔覺而莫

知所以覺則来而無来覺而無覺其於作聖之功不亦深哉良臣惟聖則高宗稱中興者其以講學為梯航歟

周公旦

周公相成王作無逸之書以訓之曰嗚呼君子所其無逸先知稼穡之艱難乃逸則知小人之依又曰古之人猶胥訓告胥保惠胥教誨民無或胥譸張為幻以王未知稼穡之艱難乃作七月之詩陳后稷公劉風化之所由使瞽矇朝夕諷誦以教之又作文王大明緜三詩以戒王文王之詩則述文王之德明周家所以受命而代商者皆由於此大明之詩將陳文武受命先言

在下者有明明之德則在上者有赫赫之命達于上下去就無常使知天之所以難忱而為君之所以不易也緜之詩追述太王始遷岐周以開王業而文王因之以受天命也美哉旦之為周而有德易以興焉信哉

無無居士曰余讀金縢書未嘗不嘆公之以忠見疑云夫公之心宗社之心也當成王時殷士在庭殷民在甸稍有逆心則譸張為幻者猶然三州之讒而宗社大事去矣故無逆

則作七月則作文王大明緜之詩則作其惕
戒成王者即周公之風雷也成王心周公天
亦心成王故曰公之疑釋者公之忠顯也是
亦世變之所值云

召公奭

周召公奭為太保因西旅獻獒作書訓于武王有曰不役耳目百度惟貞玩人喪德玩物喪志又曰不作無益害有益功乃成不貴異物賤用物民乃足犬馬非其土性不畜珍禽奇獸不育于國不寶遠物則遠人格所寶惟賢則邇人安成王將涖政公以為當戒以民事故詠公劉之事作詩以告之曰公劉又從王遊於卷阿之上因王之歌而作詩以為戒曰卷阿揔周家之創

守而篤棐無違蓋時我之任切甘棠之澤流也
無無居士曰台公遺愛在阡陌而誕保在朝
廷故其所陳者皆探本之論受槩若無害公
深以為其害大者蓋一念志喪則生民後裔
與生平盡舉而喪之矣此大臣防微之忠悃
也至成王嗣位而公劉卷阿之詠詎非訓槩
之心而欲報之於後王哉是宜歌響千載棠
蔭澤萬年也倚歟休哉

丙吉

漢丙吉字少卿魯國人武帝末巫蠱事起詔吉治郡邸巫蠱獄時宣帝生數月坐太子事繫吉見而憐之擇謹厚女徒令保養望氣者言獄中有天子氣於是詔繫獄者無輕重皆殺之吉閉門拒使者不納使者還報帝曰天也後昌邑既廢吉奏記霍光曰武帝曾孫名病已在掖庭外家今年十八九矣通經術有材美光遂遣吉迎曾孫於掖庭宣帝即位賜吉爵關內侯及霍氏

誅上躬親政掖庭宮婢自陳嘗有阿保功辭引使者丙吉知狀上親見問然後知吉有舊恩而終不言大賢之

無無居士曰丙少卿之功功於社稷也始而擁護於邸獄終而奏記於霍光則孝宣之中興者信乎其有聲矣然有恩非難不伐其恩為難少卿固非貪天之功者而帝之酬恩亦不致薄班氏稱明良一體相成海内興於禮讓豈為虛哉

魏相

漢魏相字弱翁少明易經有師法及為丞相與丙吉同心輔政好觀漢故事及便宜章奏數條漢興以来國家便宜行事及賢臣賈誼晁錯董仲舒等所言請施行之敕掾史案事郡國及休告從家還至府輒白四方異聞或有逆賊風雨灾變相輒奏言之嘗言於宣帝曰明王謹乎尊天慎於養人動靜以道奉順陰陽則日月光明風雨時節寒暑調和三者得叙則灾害不生五

穀熟絲麻遂草木茂禽獸蕃民不夭疾衣食有餘若是則君尊民悅上下亡怨政教不違禮讓可興

無無居士曰魏弱翁採漢故事以治漢海內若與賈董諸賢共一堂者茲漢治所以無留滯也至四方異聞輒奏言之言之而無不行可知已他如尊天養人動靜順乎陰陽等語最得相君之大體賢矣哉使無搆禍霍氏之嫌予於公又何尤

姚崇

唐姚崇字元之先天二年皇帝講武於驪山時崇為馮翊太守遣中官詔崇赴行在上曰可兵部尚書同中書門下平章事崇不謝上頗訝之崇跪奏曰臣以十事上獻不行臣不敢奉詔曰卿悉數之崇對曰自垂拱以来朝廷以刑法治天下臣請政先仁義可乎上曰朕深有望於卿也又曰聖朝自喪師青海未有牽復之悔臣請數十年不求邊功可乎上曰可矣又曰先朝輕

狎大臣或虧君臣之理臣請陛下接以禮可乎
上曰誠當然有何不可又曰自武氏諸親猥竊
權要繼以韋庶人安樂太平用事班序錯雜臣
請國親不任臺省官凡有斜封待闕等官悉請
停罷可乎上曰是朕素志也又曰比來近密佞
倖冒犯憲綱皆以寵免臣請行朝典可乎上曰
朕切齒久矣又曰比因侯家戚里貢獻求媚近
公卿方鎮亦為之臣請除租庸賦稅外盡杜塞
之可乎上曰願行之又曰太宗中宗造寺上皇

造觀皆費巨萬耗蠹生靈凡諸寺觀宮殿請止絕建造可乎上曰朕重觀之即心不安而況敢為之者哉又曰自燕欽融韋月將獻直得罪由是諫臣阻絕臣請凡在官士皆得觸龍鱗犯忌諱可乎上曰朕非惟容之亦能行之又曰太后臨朝以來喉舌之任或出於閹人臣請中官不預公事可乎上曰懷之久矣又曰呂氏產祿幾危西京馬鄧閻梁交亂東漢萬古寒心國朝為患臣請書諸史冊永為商鑒作萬代師可乎上

乃潛然良久曰此事可謂剖肌刻骨者崇再拜
曰此誠陛下致仁政之初是臣千載一遇之日
敢當輔弼之任天下幸甚時稱賢相焉
無無居士曰姚元之豈要君者哉其以十事
要說者定君志而後推行易易爾矧當武韋
亂政之後不有大創之則蠹惡能以槩剗蓋
清君心秉政柄一切姦詭之徒皆鼠竄狼奔
之不暇何暇潛伏城社而致牙毒哉是皆元
之要說力也茲開元所以異於天寶歟

宋璟

唐宋廣平名璟南和人玄宗時拜吏部尚書兼侍中會日食帝素服俟變録囚多所貸遣賑卹灾患罷不急之務璟曰陛下降德音卹人隱末宥輕繫惟流死不免此古所以慎赦也恐議者直以月蝕脩刑日蝕脩德或言分野之變冀有揣合臣以謂君子道長小人道消止女謁放讒夫此所謂修德也囹圄不擾兵甲不瀆官不苛治軍不輕進此所謂脩刑也陛下常以為念雖

有虧食將轉而為福又何患乎且君子恥言浮於行願動天以誠無事空文帝嘉納之

無無居士曰宋廣平賦梅花世謂鐵石心不解作軟媚辭固矣惡識相業之隆已胚胎於此哉夫明皇聲色之主豈真乾健以剛克者因日變而脩刑亦應天以文爾廣平之對動天以誠其為寒梅之貞不與梨花同夢者意有在爾故天寶以前楊妃之靚妝未妃天下享先春之化也宜哉是可以觀相業矣

忠部
人鏡陽秋卷一
二十四
環翠堂

狄仁傑

唐狄仁傑字懷英太原人武后改國號周以豫王旦為嗣改姓武氏長壽元年来俊臣羅告同平章事任知古狄仁傑等謀反仁傑曰大周革命萬物維新唐室舊臣甘從誅戮反是實俊臣乃少寬之傑子上變得出後武承嗣三思營求為太子仁傑從容言於太后曰太宗櫛風沐雨親冒鋒鏑以定天下傳之子孫大帝以二子托陛下今乃欲移之他族毋乃非天意乎且姑姪

之與母子孰親陛下立子則千秋萬歲後配食太廟立姪則未聞姪為天子而祔姑於廟者也因勸太后召還廬陵王

無無居士曰狄梁公睹集翠裘所以褫二豎之魄者雄矣卒之從容感悟俾花鶴梨姘不獲終逞其耶曰虞淵功亦偉哉盖跡雖涵於女主之朝而心之所寄者王室爾五王進而二豎終梁公若不與焉無功之功真奇功哉

忠部 二十六 聚翠堂

張九齡

唐張九齡字子壽為中書令開元二十四年秋八月千秋節群臣皆獻寶鏡九齡謂以鏡自照見形容以人自照見吉凶乃述前世興廢之源為書五卷謂之千秋金鑑録上之玄宗襃美

無無居士曰昔人有云我鏡在德曾無盤龍之雕我鏡在心自有山鷄之舞此千秌金鑑録所自来矣夫千秋節奚取於寶鏡苟多涼德則亦隋煬之照頸爾善乎曲江之愛君不

群臣見也乃述前世興廢以為鏡而君心不

茲惕耶噫嘻沉香亭畔粧臺朝酣鏡不鑒興

亡而鑒豔麗漁陽鼙鼓驚破千炼金鑑哉

忠部　人鏡陽秋　卷一　二十八　環翠堂

陸贄

唐陸贄始入翰林年尚少以才幸在奉天朝夕進見小心精潔未嘗有過由是帝親倚焉雖外有宰相主大議而贄常居中參裁可否時號内相常為帝言今盜遍天下宜痛咎悔以感人心昔成湯罪已以興楚昭王出奔以一言善復國陛下誠不吝改過以言謝天下使臣持筆亡所忌庶叛者革心帝從之故奉天所下制書雖武臣悍卒無不感動流涕及輔政不敢自顧重事

有可否必言之所言皆剴拂帝短或規其太過者對曰吾上不負天子下不負所學皇他恤乎無無居士曰奉天乘輿反正者豈徒李西平之清鐘簴廟貌哉宣公一紙制書乃感激人心大機括也夫以德宗之猜忌而公濟之以開誠未有以誠感而天下不以誠應者故孤軍深擣賊黨魂馳者普天率土欲食其肉而寢其皮也揆厥所由罪已之詔切爾予於是而識公之大忠

趙忭

宋趙忭字閱道為殿中侍御史其言常欲朝廷別白君子小人以謂小人雖小過當力排而絕之後乃無患君子不幸而有詿誤當保持愛惜以成就其德仁宗不豫而太子未定公請擇宗室賢子弟教育於宮中以示天下大本最後神宗即位謂公閒鄉匹馬入蜀以一琴一鶴自隨為政簡易亦稱是耶會王安石用事議論不協既而司馬光辭樞密副使臺諫侍從多以言事

求去公言朝廷事有輕重體有大小財利於事為輕而民心得失為重青苗使者於體為小而禁近耳目之臣用捨為大今不罷財利而輕失民心不罷青苗使者而輕棄禁近耳目去重而取輕失大而得小非宗廟社稷之福臣恐天下自此不安矣言雖不用而上識其忠

無無居士曰趙閱道清曠絶俗雖縹纓結組而情之所屬者遠矣故其立朝惟别君子小人辯輕重大小而已盖人品既别則政事自

舉其擬議於神宗之朝者皆言於仁宗之緒餘爾噫嘻青苗行而閔道之心滋戚矣即欲清遠閑放可得乎是可觀忠矣

三十三
環翠堂

韓琦

宋韓琦字稚圭相州人封魏公英宗即位以驚疑得疾太后垂簾同聽政帝遇宦官少恩左右多不悅者乃讒間兩宮遂成隙太后對輔臣嘗及之琦慮宮中有不測者一日因對以危言感動太后曰臣等只在外面內中保護全在太后若官家失照管太后亦未安穩太后驚曰相公是何言語自家更是何心他日琦見帝帝曰太后待我無恩琦對曰自古聖帝明王不為少矣

然獨稱舜為大孝豈其餘不孝也父母慈愛而子孝此常事不足道惟父母不慈愛而子不失孝乃可稱爾政恐陛下事太后未至父母豈有不慈者帝大悟自是不復言

無無居士曰韓魏公調和兩宮卒之慈壽稱慈英宗稱孝措天下於泰山者皆公危言之力也夫帷幄稱制豈太平盛典苟宵人之間行宋之為宋未可知已功成歸相晝錦名堂說者謂取之為戒亦善道公意中事者歟

人鏡陽秋卷一

司馬光

宋神宗御邇英閣聽講司馬光讀曹參代蕭何帝曰漢常守蕭何之法不變可乎光對曰寧獨漢也使三代之君守禹湯文武之法雖至今存可也惠卿言先王之法有一年一變者巡守考制度是也有三十年一變者刑罰世輕世重是也光言非是光曰布法象魏布舊法也諸侯變禮易樂者王巡狩則誅之不自變也刑新國用輕典亂國用重典是為世輕世重也非變也且

治天下如居室敝則脩之非大壞不更造也惠卿辭塞

無無居士曰荆公以經術爲經世務猶不爲倍自呂惠卿舉先王之典以文姦言其誤天下蒼生甚矣非温公詳辯而闢之宋治幾不可救藥也夫學術不可不端才猷不可不覈以孔孟之學而運伊周之才此經世之遠猷君人論相須辯乎此惜乎神宗不足以語此也噫

程頤

宋程伊川先生在經筵每當進講必宿齋豫戒潛思存誠冀以感動上意而其為說常於文義之外反復推明歸之人主一日當講顏子不改其樂章門人或疑此章非有人君事也將何以為說及講既畢文義乃復言曰陋巷之士仁義在躬忘其貧賤人主崇高奉養備極茍不知學安能不為富貴所移且顏子王佐之才也而簞食瓢飲季氏魯國之蠹也而富於周公魯君用

捨如此非後世之監乎聞者嘆服

無無居士曰帝王之學與韋布殊廣廈細旃之間若守章句則人主等經生矣伊川道佐人主者也時當講貫是以口舌備經綸尺素中帝驟王馳矣惜乎時以迂儒目之

魏了翁

宋魏華南字了翁蒲江人為起居郎理宗即位之明年雷發非時帝見群臣有朕心終夕不安之語了翁入對即論人主之心義理所安是之謂天非此心之外别有所謂天地神明也陛下盍即不安而求之對天地事父母見群臣親講讀皆隨事反求則大本立而無事不可為矣

無無居士曰宋至理宗群儒翊賛所談者非誠意正心之語不入宸聰一時西山輩並薦

蓑詩書耔耘經史信日月經天光彩長鮮者矣了翁即心即天之對循不安而求之隨事皆然則安於義理而群陰不以塞哉至矣若言其端本之論乎顧諟渠成大之流猶土苴也

吳泳

宋吳泳理宗時以著作郎對言願陛下養心以清明約己以恭儉進德以剛毅發彊毋以旨酒違善言毋以嬖御嫉莊士毋以靡曼之色伐天性杜漸防微澄源正本使君身之所自立者先有其地夫然後移所留之聰明以經世務移所舍之精神以彊國政移所用之心力以恤罷民移所當省之浮費以犒邊上久戍之士則不惟可以消弭災變攘除姦凶殄滅寇賊雖以是建

久安長治之策可也

無無居士曰吳著作之對養君心也君心清明斯恭儉彊毅矣夫內欲不生又無外誘以敍之由是移之於政則政之所行皆心之所之也蓋立而移則移者無迹而神常存移而立則立者無方而化常過上下同流矣何天灾人禍之有

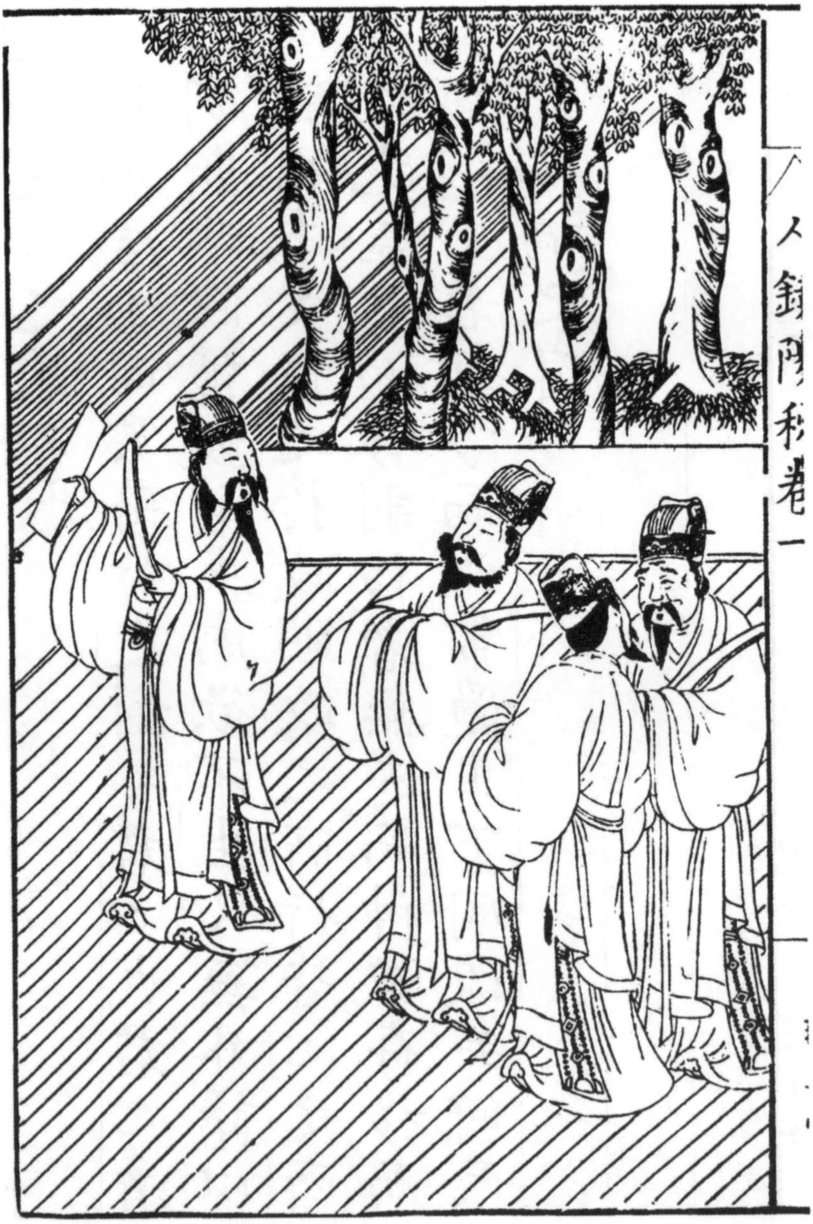

于謙

國朝節菴于謙巡撫河南山西共十八年每入
京議事未嘗有土物賂當道嘗有詩云清風兩
袖朝天去免得閭閻話短長故王振銜之及
英宗北狩朝廷洶洶人無固志但言南遷謙上
疏抗言京師天下本宗祖社稷陵寢咸在百官
萬姓帑藏倉儲咸在若一動則大勢盡去宋南
渡之事可鑒矣乃出榜曉諭固守之議始決
無無居士曰于忠愍之功社稷之功也我

英皇未嘗欲殺之其死也死於誣爾夫不甚其罪則已功不大徐有貞輩欲大其功此斧鉞之加不免矣奪門二字豈臣下所當言善乎李南陽云若監國不起　陛下復辟元老在位百寮晏然安得誅賞之紛紜哉卒之　聖明悟而忠懇彰專祠血食光榮百代矣

王恕

皇明王端毅公恕三原人弘治間為吏部尚書議保治奏狀云正統以来每日止設一朝臣下進見說事不過片時聖主雖聰明豈能盡識盡察不過寄聰明於左右之人大臣於左右之人相見者不多亦豈能盡識諸大臣之賢否亦不過寄聰明於門客門客之識見未必盡合公論或得之毀譽之言或出於好惡之私是故以直為枉以枉為直者多欲察識之得其真必寡

陛下日御便殿宜召諸大臣與之講論治道謀議政事或令轉對或對其章奏如此非惟可以識大臣而隨材任事亦可以啟沃聖心而進於高明矣

無無居士曰公秉銓衡大注明良之眷止競也雖恩覃人主不能施于近戚黨正也雖權重宰相不能施於仇讐盖歷事五朝信如蓍龜蔡翼異八座尊如領袖美周召于當代謂姚姒為再見也

劉大夏

皇明劉大夏湖廣華容人成化時為職方司郎中久著賢聲時虜數寇大同中外震恐調發戰守無虞日尚書皆倚重之適兵部右侍郎缺中官有欲薦公者遣人言於尚書冀一往見公巽辭謝之卒不往吏部又議以太僕卿處之公語所知曰郎中轉京堂固人所欲但不得一親民官非素志也由郎官一出何為不可但恐人負官耳吏部乃陞公叅政累官至大司馬嘗言所

以致今日得叅政布政力也　孝廟賔天公請老歸家在兵部時議革騰驤四衛勇士議節光禄寺無名供饋歲省宫府數百近幸滋不悦正統丁卯激怒於上将及禍大監甯瑾知重公者叩頭諫曰此　先帝意非大夏建白遂免時逆瑾用事有欲中害公者昌言云抄劉大夏家可得金數萬瑾因他獄詞連公姓名遂矯制差官校逮公至京繫獄同繫者教公行賂為求生計公曰如此而死惟累一身稱貸免死則累一

生且累子孫矣瑾怒欲置之大辟右都屠滽曰檢律劉尚書無死罪法司乃比附充軍遣戍肅州公買驢顧車挾二童以行故人賮送謝絕不受發都城觀者如堵所在羅市父老涕泣士女携筐饁進食到配所即買地為墓作終焉計後瑾誅復公官致仕

無無居士曰人情薄外任而美內遷此若水有登仙之羨也劉華容自做秀才時即以親民為已任固以叅閫臬為不負於官從茲劉

歷中外及官大司馬則歸功於參政固不以超遷自榮惟以臨民自幸矣凡所裁華中貴人銜之于是肅州之戍不免然公洒然無芥於心故去來之際一如浮雲之無繫也盧中哉

卷一終

人鏡陽秋卷二

明新都無無居士汪廷訥昌朝父編

忠部

戰伐類

無無居士曰時平則右縉紳有事則先介冑兩者相提衡而用此薇杜之績不無袞職之補也茍見以為無事形而弛之則一旦緩急何以應故手板倒於廟堂斯干戈棄於原野君人者其知所以用將哉乃裒古今戰事

呂望

文王田於渭陽卒見太公坐茅以漁文王以後車載之而歸尊為師尚父傅太子發授丹書之戒曰敬勝怠者吉怠勝敬者滅義勝欲者從欲勝義者凶凡事不強則枉弗敬則不正枉者滅廢敬者萬世太公所以事周雖異然要之為文武師周文王之脫羑里歸與太公陰謀脩德以匡商政文王崩武王即位九年東伐師行師尚父左杖黃鉞右把白旄以誓曰蒼兕蒼兕總爾

衆庶與爾舟楫後至者斬遂至孟津諸侯不期而會者八百武王曰未可還師居二年乃伐紂

無無居士曰太公以鷹揚之帥賈勇於龍戰之郊紂以若林之旅無敢射車中之木主者仁暴之執殊也雖然太公陰謀尚矣而丹書之戒與洪範同功誰云渭水飛熊眇於洛水龜書哉宜乎賜履齊壇洋洋乎大國之風也

忠部　八

人鏡陽秋　卷二

四

環翠堂

孟舒

漢田叔為漢中守文帝召叔問曰公知天下長者乎對曰故雲中守孟舒長者也是時孟舒坐虜大入雲中免帝曰先帝置孟舒雲中十餘年虜嘗一入孟舒不能堅守士卒戰死者數百人長者固殺人乎叔叩頭曰夫貫高等謀反天子下明詔有敢隨張王者罪三族然孟舒自髡鉗隨張王以身死之豈自知為雲中守哉漢與楚相距士卒罷敝而匈奴冒頓新服北夷來為邊

寇孟舒知士卒罷敝不忍出言士爭臨城死敵
如子為父以故死者數百人是乃孟舒所以為
長者於是上曰賢哉復召孟舒為雲中守
無無居士曰長者殺人乎然非長者不能多
殺人孟舒不忍張王欲以身死之貫高慷慨
受五毒以明張王不反可以俠稱而不可以
長者稱舒以此聲游揚吳楚間豈空得耶觀
後來不忍戰士卒而若驅之死匈奴者非不
忍能如是乎故曰非多殺人不足見長者

一覧易火長乙

六一

環翠堂

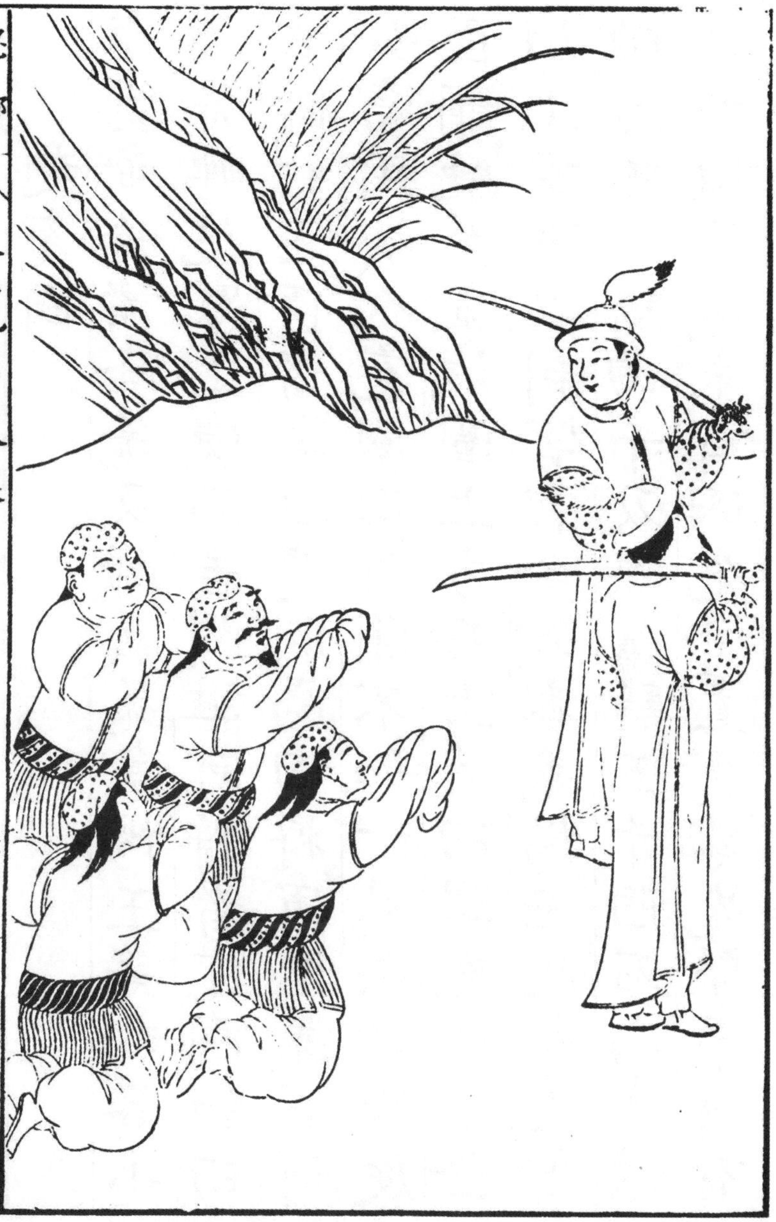

趙充國

漢宣帝時諸降羌及歸義羌侯楊玉等刼畧小種背畔犯塞上使丙吉問誰可將者充國對曰亡踰於老臣者矣上遣問焉曰將軍度羌虜何如當用幾人充國曰百聞不如一見兵難隃度臣願馳至金城圖上方略上笑曰諾充國至金城上書陳兵利害言今先零羌楊玉此羌之首帥名王將騎四千及煎鞏騎五千阻石山木候便為寇罕羌未有所犯今置先零先擊罕釋有

罪誅亡辜起壹難就兩害誠非陛下本計也於臣之計先誅先零已則罕开之屬不煩兵而服矣先零已誅而罕开不服涉正月擊之得計之理又其時也以今進兵誠不見其利唯陛下裁察帝報璽書從充國計焉後上屯田十二策羌人降詔罷屯田充國振旅而還

無無居士曰漢列四郡控制羌人斷匈奴右臂此誠大策然羌人種類不一不先因其降叛而為攻撫計則何足以復執事之蹄哉充

國之擊先零而置罕羌非凡所見宣帝並從其議自是湟中無憑陵而金城可息肩矣誰謂卑禾海上猶有匈奴窺伺哉宜其振旅還朝而勒功昆山瓜也

忠部

一気切少久丶丶一

八
一

環翠堂

一气马火共二

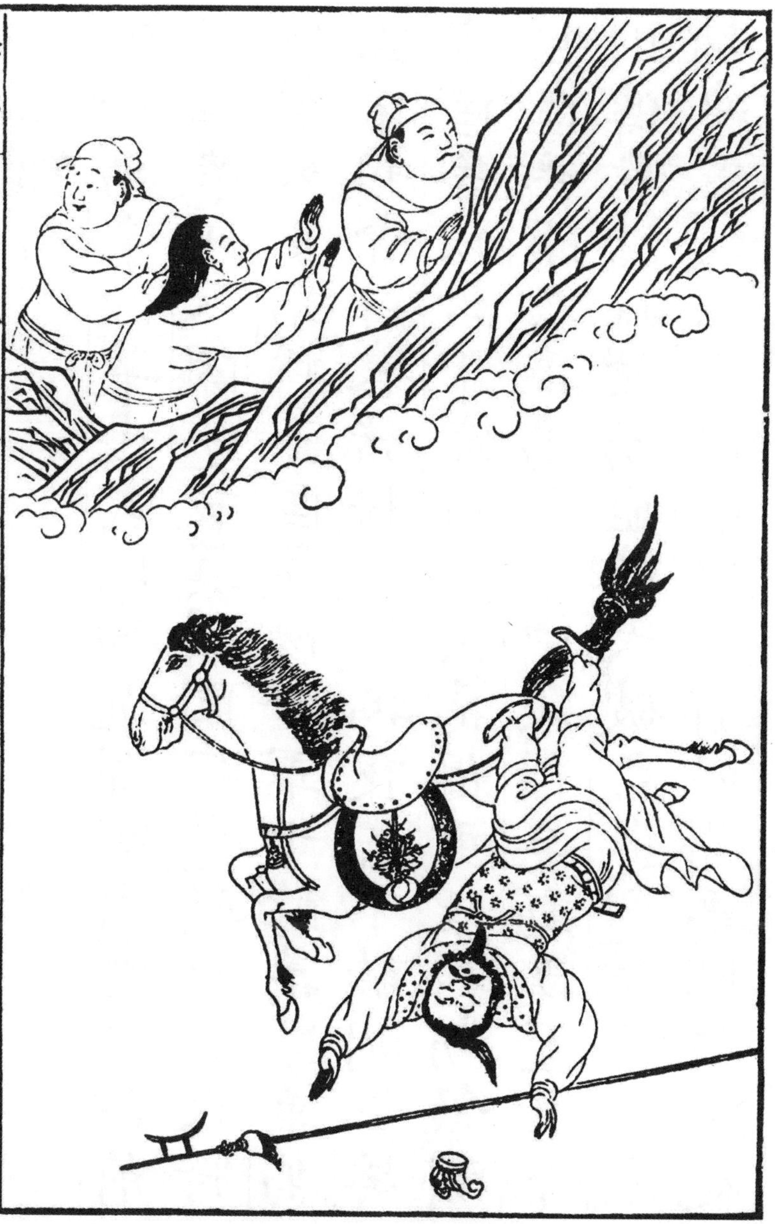

鄧禹

漢鄧禹字仲華光武以禹沉深有大度拜為前將軍遣西入關遂破箕關圍安邑斬更始大將軍樊參更始將王匡等復合軍十餘萬擊禹禹軍不利會日暮諸將皆勸禹夜去不聽明日癸亥匡等以六甲窮日不出禹得更理兵勒衆明旦匡悉軍攻禹禹令軍中無得妄動既至營下因傳發諸將鼓而並進大破之遂定河東時三輔連覆敗赤眉所過殘賊百姓聞禹師行有紀

皆望風相携負以迎軍降者曰以數千禹所止輒停車駐節以勞来之諸將勸禹攻長安禹曰不然今吾衆雖多能戰者少赤眉新破長安鋒鋭未可當也夫盜賊群居無終日之計財穀雖多變故萬端寧能堅守者也吾且休兵北道以觀其斃乃可圖也已而赤眉西走扶風禹乃至長安大饗士卒因循行園陵為置吏士奉守焉

無無居士曰雲臺首鄧禹者定大策也而以諸將汗馬較非知禹者也然仲華之行師卒

以大義勞来老稚循行園陵當時神人胥慶也久矣及權争栒邑兵走宜陽光皇諒其情諸将諱其短者識其所得者大也噫九縣飈迴三光霧塞此何時也而仲華功據元庚有故哉有故哉

諸葛亮

漢諸葛亮字孔明琅琊人初在南陽時劉備凡三往乃見因屏人與語亮曰曹操挾天子以令諸侯此誠不可與爭鋒孫權據有江東國險而民附此可與為援而不可圖也荊州乃用武之國而其主不能守此天所以資將軍益州民殷國富劉璋闇弱不知存恤智能之士思得明君將軍既帝室之胄若跨有荊益保其巖阻撫和戎越結好孫權則霸業可成漢室可興矣備稱

善與亮情好日密後即皇帝位立爲丞相繼事
後主亮率諸軍屯漢中以圖中原臨發上疏曰
先帝創業未半而中道崩殂今天下三分益州
疲敝此誠危急存亡之秋也誠宜開張聖聽以
光先帝遺德恢弘志士之氣不宜妄自菲薄引
喻失義以塞忠諫之路親賢臣遠小人此先漢
所以興隆也親小人遠賢臣此後漢所以傾頹
也臣本布衣躬耕南陽先帝不以臣卑鄙三顧
臣於草廬之中諮臣以當世之事由是感激遂

許先帝以驅馳後值傾覆受任於敗軍之際奉命於危難之間先帝知臣謹慎故臨崩寄以大事受命以来夙夜憂懼恐付托不效以傷先帝之明故五月渡瀘深入不毛今南方已定兵甲已足當獎率三軍北定中原興復漢室還於舊都此臣所以報先帝而忠陛下之職分也今當遠離臨表涕零不知所言云

無無居士曰草茅一言鼎足三分孔明真識時務之俊傑至跨有荊益後荊兵向宛洛益

衆出秦川孰謂孔明安於鼎足哉惜乎上將
蹶兵阿蒙譎㵱遺恨在吞吳而國賊不討失
一大機會固非草茅之言不驗良由廟堂之
籌失算爾厥後秦川六出孔明志雖酬㮏天
心已去何悲夫

韋叡

魏中山王英與将軍楊大眼等衆數十萬攻鍾離梁昌義之守之隨方抗禦魏人攻而死者與城平梁武命韋叡救鍾離受曹景宗節度人畏魏兵盛多勸叡緩行叡曰鍾離鑿穴而處負戶而汲車馳卒奔猶恐其後而況緩乎魏人已墮吾腹中卿曹勿憂也旬日乃進頓邵陽州叡塹洲為城去魏城百餘步馮道根能走馬步地計馬足以賦功比曉而營立英大驚曰是何神也

景宗等器甲精新軍容甚盛魏人望之奪氣楊大眼勇冠軍中来戰所向皆靡虜結車為陣大眼聚騎圍之虜以彊弩二千一時俱𤼵殺傷甚衆矢貫大眼右臂大眼退走明旦英自帥衆戰虜乘素木輿執白角如意以麾軍一日數合英乃退復夜攻城飛矢雨集軍中驚虜於城上厲聲呵之乃定景宗攻其北虜攻其南忽淮水暴漲六七尺虜使馮道根等乘艦擊魏洲上軍盡殪軍人奮勇呼聲動天地魏軍大潰英脫身走

大眼亦焚營去水死者十餘萬斬首亦如之

無無居士曰元英揔戎大眼折衝依然佛狸旗鼓也奚有鍾離哉幸而韋叡受脤遠循彊埸蜂尾螳臂一掃去之鍾離屹然無恙固知師克在和其胸中長算眼底無全牛矣身乘木輿手執如意武侯之度也魏人謠曰不畏蕭娘併呂姥但畏合肥有韋虎咋舌哉

忠部

人鏡陽秋卷二

十八

環翠堂

郭子儀

唐代宗時吐蕃遇回紇合兵圍涇陽郭子儀嚴備不戰時二虜聞懷恩已死爭長不相睦子儀使牙將李光瓚說回紇欲與共擊吐蕃回紇不信曰郭公在此可得見乎光瓚還報子儀遂與数騎出回紇大驚大帥藥葛羅執弓注矢立於陳前子儀免冑釋甲投鎗而進諸酋長皆下馬羅拜子儀亦下馬前執藥葛羅手讓之曰汝回紇有大功於唐唐之報汝亦不薄柰何負約深

入吾地背恩德而助叛臣乎且懷恩叛君棄母於汝何有藥葛羅曰懷恩欺我言天可汗已晏駕令公亦捐館我是以來我曹豈肯與令公戰乎子儀因說之曰吐蕃無道所掠之財不可勝載馬牛雜畜長數百里此天之賜汝不可失因取酒與其酋長共飲子儀執酒酹地曰大唐天子萬歲回紇可汗亦萬歲兩國將相亦萬歲有負約者身隕陣前家族滅絕遂與定約而還吐蕃聞之夜遁

無無居士曰郭令公當肅代間駿烈彌區鴻名播甸縉紳悉瞻眉宇胥長慣識姓名唐室再造大抵皆其功也然功名之際難處哉令公功愈高而心愈下閑釁則桃蹊擁篲録用則榆塞揚鞭故去来無芥於懷及單騎見虜而下藥葛羅之拜中國息肩矣茲役也社稷之功

李光弼

唐朔方節度使李光弼移軍向史思明賊將劉龍僊挑戰慢罵光弼裨將白孝德請挺身以取光弼撫其背而遣之孝德挾二矛策馬亂流而進龍僊易之慢罵如初孝德瞋目大呼運矛躍馬搏之城上鼓譟五十騎繼進龍僊走堤上孝德追及斬之以歸光弼屯中潬移軍河陽登城望曰賊兵多而不整不足畏也不過日中保爲諸君破之乃命出戰令諸將曰爾輩望吾旗而

戰吾颭旗緩任爾擇利吾急颭旗三至地則萬衆齊入死生以之少退者斬又以短刀置鞾中曰戰危事吾國之三公不可死賊手萬一不利諸君死敵我自到不令諸君獨死也再戰光弼連颭其旗諸將齊進致死呼聲動天地賊衆大潰思明及摯皆遁去

無無居士曰河陽之役國家安危所係白將軍固爲首功至降高李二將厥績更奇賊已爲之奪氣且颭旗置刀誓衆死敵所以廓妖

氛而朗日月者臨淮戰無遺力也嗚呼露布軍前抽丁籍後余誦石濠村詩而痛趨役河陽者憯矣天寶之亂誰致哉

裴度

唐裴度字中立元和中同平章事時討淮西四年不克宰相李逢吉競言師老財竭意欲罷兵度獨無言上問之度曰臣誓不與此賊俱生令請自往督戰諸將恐臣奪其功必爭進破賊矣上悅從之將行言於上曰臣若滅賊則朝天有期賊在則歸門無日上為之流涕比至李祐言于李愬曰蔡之精兵皆在洄曲守州城者皆羸卒可以乘虛直抵其城比賊將聞之元濟已成

擒矣愬然之遣人白裴度度曰兵非奇出不勝常侍良圖也愬夜襲蔡州擒吴元濟檻送京師屯兵鞠場以待裴度度入蔡州李愬具櫜鞬出迎拜於路左度以蔡卒為牙兵或諫曰蔡人反側者尚多不可不備度笑曰元惡既擒蔡人即吾人也又何疑焉蔡人聞之感泣

無無居士曰余讀平淮西碑知諸將戰之力尤知裴丞相總戎之勳也夫冒雪夜深入鵝鴨混軍聲常侍之謀信奇非度決策請行則

武功不可究功不可究蔡人猶然頑冥也豈識生民之樂哉及度往釐士飽而歌馬騰於槽各順性命矣其文曰凡此蔡功惟斷乃成信然哉

人蒐馬火長二

二十七

暖翠堂

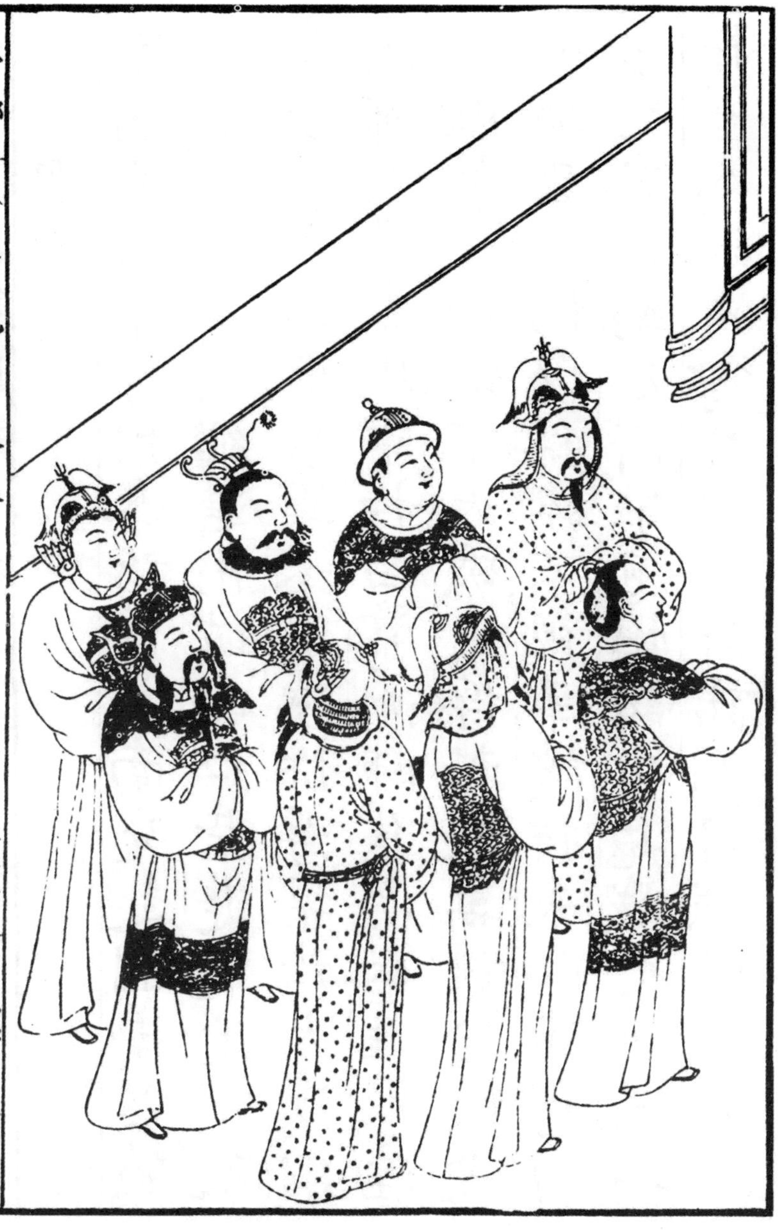

曹彬

宋開寶七年曹彬奉詔伐江南先赴荊南發戰艦潘美帥步兵繼進彬破峽口砦進克池州及當塗蕪湖二縣駐軍采石磯作浮梁跨大江以濟師大破李煜軍扵白鷺洲師進次秦淮水陸十餘萬陳扵城下大破之俘斬數萬計金陵受圍城垂克彬忽稱疾不視事諸将來問疾彬曰余之疾非藥石所能愈惟諸公克城之日不妄殺一人則自愈矣諸将許諾明日城陷煜與其

臣百餘人詣軍門請罪彬慰安之君臣卒賴保全而江南悉平

無無居士曰宋下江南曹武惠以不殺稱後主之宗獲全信如時雨之師矣然宋待諸降王頗厚獨惟太宗不能全武惠之仁也夫後主閑於詩詞以錢俶較之殊非等倫然玉樓雲雨隔太祖尚不殺而煜死於小樓昨夜又東風之句寃哉孰謂宋待降王以不殺耶

人鏡陽秋卷二

精忠

岳飛

宋岳飛字鵬舉湯陰人自少負氣節好讀左氏春秋孫吳兵法初從留守宗澤戰開德曹州皆有功澤大奇之澤卒金人入寇飛與之戰既暮士卒乏食諸將欲潰飛厲衆曰我輩荷國厚恩當以忠義報國詞色慷慨士皆感泣奮戰賊皆望風先遁高宗手書精忠岳飛四大字製旗賜之是時兀朮粘罕屢入寇飛皆破走之自燕以南金人號令不行兀朮欲簽軍以抗飛河北無

一人從者飛大喜語其下曰直抵黃龍府與諸君痛飲爾秦檜以飛不還終梗和議一日奉十二金字牌令班師飛東向再拜曰十年之力廢於一旦乃還檜遣使捕飛誣以罪飛裂裳以背示中丞何鑄有盡忠報國四字深入膚理鑄明其無辜檜付飛獄即報死諸酋聞飛死酌酒相賀

無無居士曰嗚呼飛之死虜死之耶檜死之耶抑帝死之耶語云非虜非檜直帝死之也

夫不欲帝而北者虜之私也飛方北抵黃龍府不欲二聖南者帝之私也飛方挽北狩以南轅二私挟均假手於檜焉虜不能得之檜而帝直得之余故云帝殺之也噫此誅心之法而檜不足責云

人劍附彩卷一

三十二

徐達

國朝中山王徐達鳳陽人扈　上渡江定江南洪武初以大將軍率師北伐所過戢兵守禦規畫足食兵不民擾齊魯既平乃渡河至大梁父老壺漿以迎西下洛陽長驅崤函直抵潼關抜之元主開北門遁去不戰而克達籍府庫収板圖寶器禁餙軍士人民安業市肆不易遠近悅服人謂曹彬下江南伯顔入臨安不過是也

無無居士曰中山王平定江南擒吳殲楚之功

再莫儔要以不嗜殺得人心故北伐中原檄文到處兵若甘雨隨之不戰而克茲勝國猶驅而縱之沙漠也夫戮咸陽殪牧野唐高尚不忍聞況迥出李唐萬萬者肯為蒲山公之為哉至謚元主為順帝而

高皇帝多中山之不殺可知矣於都哉所以能

一天下歟

人鏡陽秋卷三

明新都無無居士汪廷訥昌朝父編

忠部

諫諍類

無無居士曰忠犯人主之怒者諫諍是已然諫主於行不行而至於剖心碎首沉江赴海之為者雖忠而於國事何濟顧其心不忍見國事之非乃爾爾豈惟以去就諍實生死以之也若露布帝者班撒三公又非諫諍矣

關龍逢

夏桀為酒池可以運舟糟丘足以望十里而牛飲者三千人關龍逢諫曰古之人君身行禮義愛民節財故國安而身壽今君用財若無窮殺人若恐弗勝君若弗革天殃必降而誅必至矣桀不聽而街之又觀炮烙于瑤臺桀曰聽子諫諫得我改之諫不得我刑之龍逢曰臣觀君冠危石也臣觀君履春氷也未有冠危石而不壓蹈春氷而不陷桀笑曰是日亡則與俱亡子知

我之亡而不知自亡乎子就炮烙之刑吾觀子龍逢遂赴火而死

無無居士曰龍逢之諫似涉於激然遇桀主非婉詞之所能動危言以諍之忠不售而死焉庶幾可回君心於萬一也而桀以日自視縱死惡能回余嘗爲之說曰桀之日湯之霓民心已異視矣即桀心少回安能回已去之民心哉逢之死惟自盡其心爾

比干

殷王子比干紂之親戚見箕子諫不聽而為奴則曰君有過而不以死諍則百姓何辜乃直言諫紂紂怒曰吾聞聖人之心有七竅信有諸乎乃殺比干剖視其心

無無居士曰殷有三仁比干死之余嘗讀李白所譔碑而識其所謂仁矣蓋全其祀則仁殺其身則仁得其死則仁苟不得其死則身徒殺不殺其身則祀難全王子籌之熟矣故

不以剖心為痛所痛者殷亡而祀不延爾嗟
夫一死而紂有悛心焉可以見先王也王子
亦柰何惟自靖而已矣

史魚

衛蘧伯玉賢而靈公不用彌子瑕不肖反任之史魚諫而不從史魚病將卒命其子曰吾在衛朝不能進蘧伯玉退彌子瑕是吾為臣不能正其君也生而不能正君則臣無以成禮我死汝置屍牖下於我畢矣其子從之靈公吊恠而問焉其子以父言告公公曰是寡人之過也於是命殯之於客位乃進蘧伯玉而用之退彌子瑕而遠之孔子聞之曰古之諫者死則已矣未有

如史魚而屍諫忠感其君者也

無無居士曰粼粼過闕夜下與矯駕君車者已自殊科而伯玉之賢不用豈美女破舌歟抑美男破老歟噫色未衰則餘桃猶可啗色既衰則前魚自宜棄彌子之遠者值色衰也屍諫適際其時耳由此觀之則史魚之諫尚自未行也

忠部

人鏡陽秋　卷三

八

環翠堂

周舍

趙簡子有臣曰周舍立於門下三日三夜簡子使問之曰子欲見寡人何事周舍對曰願為諤諤之臣墨筆操牘從君之過而日有記也月有成也歲有効也簡子居則與之居出則與之出居無幾何而周舍死簡子如喪子後與諸大夫飲於洪波之臺酒酣簡子涕泣諸大夫皆出走曰臣有罪而不自知簡子曰大夫皆無罪昔者吾有周舍有言曰千羊之皮不若一狐之腋衆

人諾諾不若一士之諤諤昔者商紂默默而亡武王諤諤而昌今自周舍之死吾未嘗聞吾過也吾亡無日矣是以寡人泣也

無無居士曰簡子泣周舍其思簪筆之狐腋乎夫諤諤之臣雖于意不順然有益國事是大順於意莫此若也想當洪波酣飲時諾諾者聯坐故簡子泫然不覺涕之無從是泣也非為舍泣泣過之無由聞耳宜其鳩趙宗而謂武王其未遐也

八覽易火卷之二

十一

篆翠堂

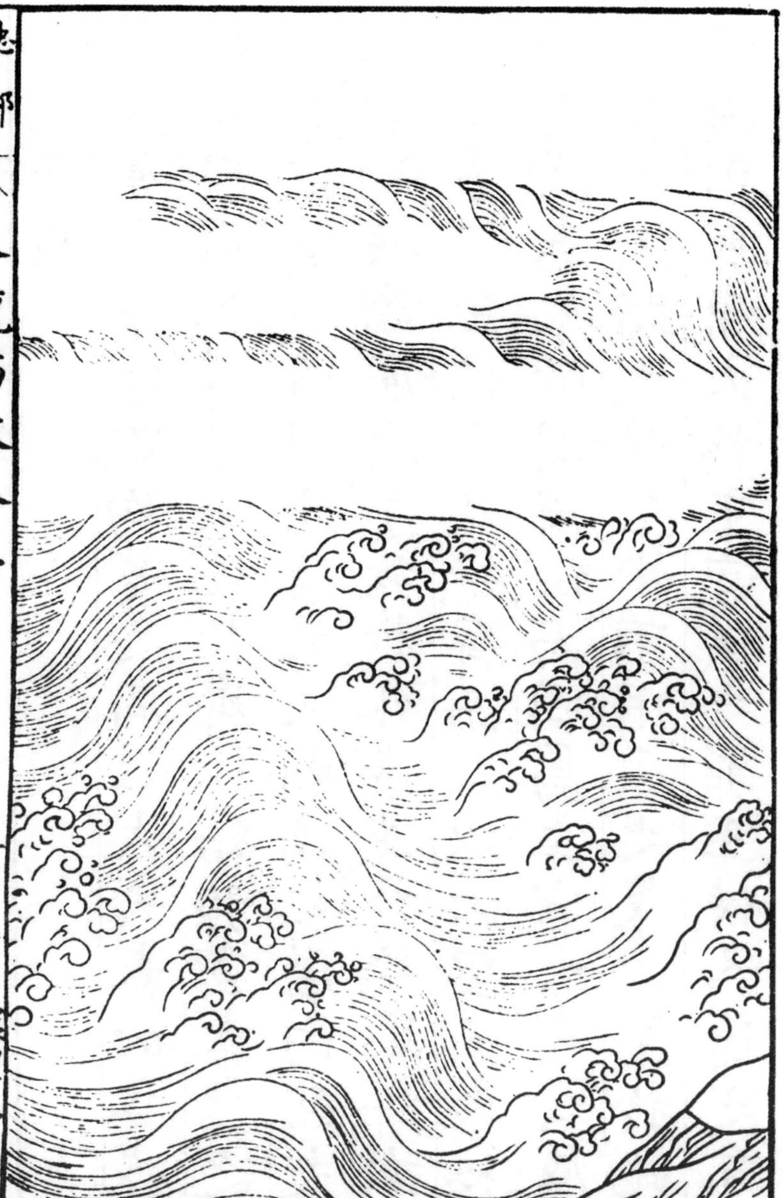

屈原

楚屈原名平字靈均楚之同姓大夫秦欲吞滅諸侯屈原為懷王東使於齊以結强黨秦患之使張儀貨楚之貴臣上官大夫靳尚之屬内賂夫人鄭袖共譖屈原遂放於外儀使楚絶齊許謝地六百里王信之及絶齊而欺以六里王大怒舉兵伐秦大敗因得儀而囚焉上官大夫之屬共言王王歸之時王悔不用原之策以至於此故復用原原大為王言儀之罪王使人追之不

及後秦嫁女於楚與王歡為藍田之會原以為秦不可信願勿會群臣皆以為可會王遂會果見拘囚客死於秦為天下笑王子頃襄王知群臣諂誤王不察其罪反聽群讒之口復放原原於是不忍見乎闇主亂俗以是為非以清為濁遂自投汨羅而死

無無居士曰屈大夫楚之宗臣不忍見宗國将殞而願從彭咸之遺則志亦可悲然賈生吊之則云歷九州而相其君司馬賛之則云

以彼材遊諸侯何國不容噫嘻二人者不審宗臣之慮矣余讀遠遊篇而悲其臨睨舊鄉如〻丁令化鶴歸華表以嗟城廓人民之非昔也慮誠遠哉

一覺場人卷二

十三

四一一

環翠堂

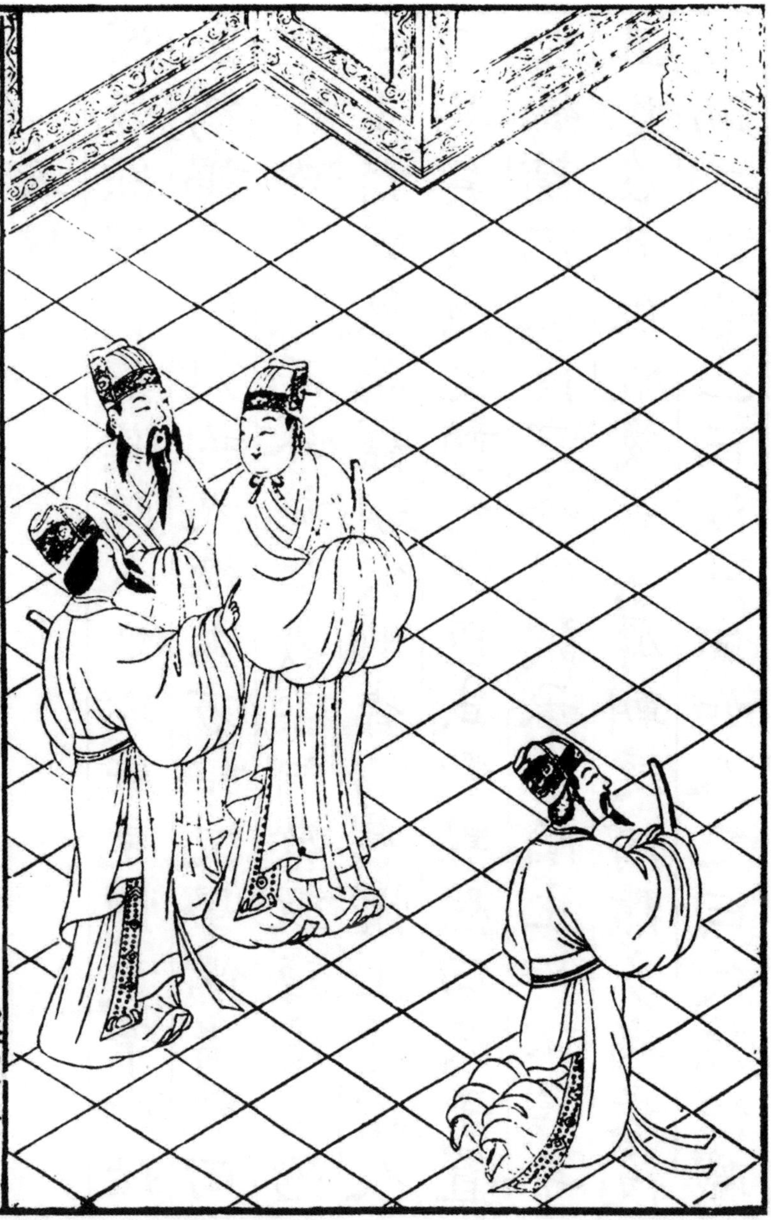

汲黯

漢汲黯字長孺濮陽人也以嚴見憚武帝即位黯為謁者後列於九卿上方招文學儒者黯曰陛下内多欲而外施仁義柰何欲效唐虞之治乎上怒變色而罷朝公卿皆為黯懼上退謂人曰甚矣汲黯之戇也群臣或數黯黯曰天子置公卿輔弼之臣寧令從諛承意陷主於不義乎且已在其位縱愛身柰辱朝廷何黯多病最後嚴助為請告上曰汲黯何如人也曰使黯任職

居官亡以瘉人然其輔少主守成雖自謂賁育弗能奪也上曰然古有社稷之臣至如汲黯近之矣

無無居士曰汲長孺面折庭諍非徒勵敢言之風可謂有格心之道矣蓋太上無欲其次寡欲最下則節欲也自非太上安能絶欲但神仙土木邊功之欲不可有而唐虞風動之欲不可無二者自相頡頏蓋多欲便非仁義施仁義即治欲唐虞也黯豈薄淮陽而戀禁

闥哉欲匡多欲之主俾從欲之治以再見爾噫使不死而晝室之命吾知不在光而在黷矣

一覧易入□□

瀛翠堂

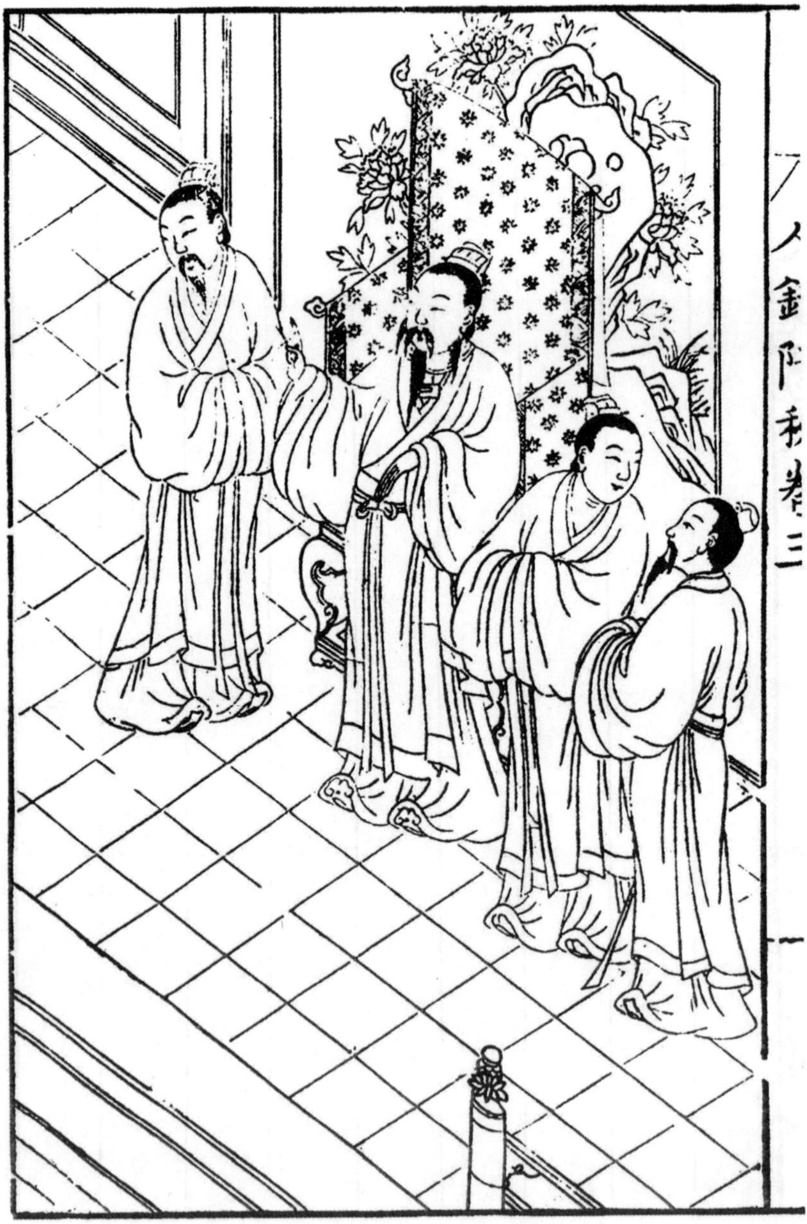

朱雲

漢成帝時故槐里令朱雲字子游魯人也安昌侯張禹以帝師位特進甚尊重雲上書求見公卿在前雲曰今朝廷大臣上不能匡主下無以益民皆尸位素餐臣願賜尚方斬馬劍斷佞臣一人以勵其餘上問誰也對曰安昌侯張禹上大怒曰小臣居下訕上廷辱師傅罪死不赦御史將雲下雲攀殿檻檻折雲呼曰臣得下從龍逢比干遊于地下足矣未知聖朝何如耳御史

遂将雲去於是左将軍辛慶忌免冠解印綬叩頭殿下曰此臣素著狂直使其言是不可誅其言非固當容之臣敢以死争上意解及後當治檻上曰勿易因而輯之以旌直臣

無無居士曰史稱朱雲輕俠借客報仇則狂直乃宿習也又稱張禹不識進退字其無益於時可知已請劍尚方折檻殿陛孤忠勁氣若鶻鶚横秋即雲寒羽鎩何能减其擊搏之性哉

王章

漢王章字仲卿泰山人素剛直敢言常學於長安疾病無被臥朱衣中與妻對泣妻呵之曰仲卿京師尊貴在朝廷臣誰踰仲卿者今疾病困厄不自激昂乃反涕泣何鄙也後成帝時為京兆尹欲上封事奏日食之咎由王鳳專權妻止之曰人當知足獨不念牛衣中涕泣耶不聽遂上上謂章曰微京兆尹直言吾不聞社稷計後果為王鳳所陷獄死衆庶冤之

無無居士曰太史謂王章無辜士民所嘆誠哉其無辜也夫孝成之世王鳳挾舅氏之尊至有引申伯以阿者而王章以日食之變咎之故不免於脩隙之夫矣嗚呼牛衣對泣妻則呵之獄吏呼囚女則號之夫有是呵必有是號而章之為人可識已

魏徵

唐貞觀十一年詔百官直言極諫魏徵上疏曰人主善始者多克終者寡豈取之易而守之難乎蓋以殷憂則竭誠以盡下安逸則驕恣而輕物盡下則胡越同心輕物則六親離德雖震之以威怒亦皆貌從而心不服故也人主誠能見可欲則思知足將興繕則思知止處高危則思謙降臨滿盈則思益損遇逸樂則思撙節在宴安則思後患防壅蔽則思延納疾讒邪則思正

已行爵賞則思因喜而僭施刑罰則思因怒而濫兼是十思而選賢任能可以無為而治矣

無無居士曰徵之諫累數十萬言其於忠佞之辯更反復詳之惜哉太宗疑信之心常相半也君臣之際難矣乎停婚仆碑見於身沒何向者信任之誠今則疎黜之確耶豈徵所謂克終者寡歟追誦綿山之歌喟然為之嘆息

忠部　人鏡陽秋　卷二

二十二　環翠堂

陽城

唐陽城為諫議大夫德宗時陸贄罷相會旱裴延齡奏贄失勢怨望言天旱民流度支多欠諸軍芻糧動搖衆心於是貶贄為忠州别駕帝怒猶未解中外惴恐以為罪且不測無敢救者城即帥諫官守延英門上䟽論延齡姦佞贄無罪帝大怒欲斬之太子為營救乃解時朝夕相延齡城曰脫有以延齡為相當取白麻壞之慟哭於廷乃盡數延齡過惡以聞

無無居士曰甚矣猜忌之難囘也其敝必至賢愚倒置而國祚因之為諫臣者不從而批鱗捋鬚以轉移其志慮則天下事有不可知矣陽子哭廷中外壯裂麻之語謂其有補於朝廷者大也夫進言有時束熅囘婦時也韓昌黎之著論何為耶

柳公權

唐柳公權字誠懸文宗時常對便殿帝稱漢文帝恭儉因舉袂曰此三澣矣學士皆賀獨公權無言帝問之公權對曰人主當進賢退不肖納諫諍明賞罰服澣濯衣此小節耳非有益治道者帝徐曰卿有諍臣風可屈居諫議大夫乃自舍人下遷仍為學士知制誥

無無居士曰柳誠懸以字諫顯今觀玄秘塔銘及禊帖詩後序信多心畫然恭儉豈非人

君之盛節哉區區以三瀚矜所謂恭儉不如是故誠懸以為小節噫左貂揷而上台移甘露之禍慘矣其於賢不肖倒置如此即有諫臣將焉用之嗟乎衮無補即三瀚衣誠何益哉

忠部　人鏡陽秋　二十六　環翠堂

唐介

宋唐介字子方荆南人官御史張堯佐知開州會其姪女有寵於仁宗為脩媛堯佐遂驟遷一日中除宣徽節度景靈群牧四使唐介上疏引楊國忠為戒不報未幾堯佐復除宣徽使知河陽唐謂同列曰是欲與宣徽而假河陽為名耳我曹豈可中已耶同列依違不前唐遂獨爭之不能奪仁宗諭曰除擬初出中書介遂極言宰相文彥愽知益州日以燈籠錦媚貴妃而致位

宰相令又以宣徽使結克佐請逐彥博而相富弼仁宗怒却其奏不視且言將貶竄介徐讀畢曰臣忠義憤激雖鼎鑊不避也介面質彥博曰彥博宜自省即有之不可隱彥博拜謝不已仁宗大怒遂召當制舍人就殿廬草制貶春州别駕翊日改為英州别駕又明日罷彥博而遣中使護送介至貶所且戒以必全之無令道死

無無居士曰唐子方冠柱後矢直詞忤殿陛始以女寵沮宣徽因以女寵罷宰輔皆人君

所諱言子方業之霜飛白簡星璀丹牘不惟兗佐膽寒潞公亦心伏矣英州之謫咏清淮而歌聖宋是豈沉淵為心者臣主兩得之也

呂誨

宋呂誨字獻可幽州人病亟曰自草章乞致仕其辭曰臣無宿疾偶值醫者用術乖方殊不知脉候有虛實陰陽有逆順診察有標本治療有先後妄投湯劑率意任情差之指下禍延四肢寖成風痺遂難行步非秪憚跛盭之苦又將虞心腹之變勢已及此爲之柰何雖然一身之微固未足恤其如九族之託良以爲憂是思納祿以偷生不俟引年而還政蓋以疾喻政天下聞

而闢之

無無居士曰宋新法之行生民憔悴甚矣始固欲蘇之然不免紛擾竟致沉痾獻可以疾喻最切名狀柰神宗甘烏喙而飡堇毒何噫荆公猶可療至於惠卿破癰潰痤之為也

忠部
竟易火 卷二二
三十一
累翠堂

沈鍊

國朝嘉靖間虜薄城下求通貢下廷臣議趙司業以為不可許沈鍊時為錦衣經歷從衆中大言申司業語刺刺不休太宰夏公恠問曰此何小吏而言若是鍊曰大吏噤弗言故小吏言何恠也時相嵩獨貴幸用事把持邊帥大入賕賄于是上疏請誅嵩父子謝天下太宰阿私亡所異同請從坐詔戍保安會嵩所用客楊順督宣大軍務是歲虜攻破應州等處四十餘堡殺傷

萬人虜退順縱軍士割死人首或邀遶村避兵人僇之以捷聞邊民痛恨公傷之為書讓順又有詩白草黃沙風雨夜寃魂多少覓頭顱人或勸公處遷謫宜隱默自全公曰今日割猶少後日割猶多縱不割我首害民傷如何順聞恚走人白嵩子世蕃世蕃以御史路楷巡邊計捕諸白蓮教通虜者以連公凡三駁之竟竄名籍中具以聞公遂不免

無無居士曰人徒知沈青霞死權臣以摩虎

鬚為不免不知其申司業語欲要虜惰歸尤錄於戎務也惟畱於大計故權姦無所容而甘走龍堆狼望間者獨醒之心不欲炙手權門爾謫不已乃竟死之回視世蓄父子猶大鵬羞斥鷃者歟

忠部　人鏡陽秋　卷二　三十四　環翠堂

楊繼盛

皇明楊忠愍椒山自狄道還轉兵部武選嘗獨居深念至夜分配張問其故曰吾受上恩思有以報耳張曰嚴相方用事此豈君直言時耶公不應遂以癸丑正月疏論少師嚴嵩十罪五姦請台二王問狀嵩更借以為讒詔逮公訊所以引二王者公具對侃侃至斷指出脛不易辭詔杖一百送刑部獄公授杖時或遺之蚺蛇膽卻不受曰椒山自有膽或謂公弗怕公笑豈有怕

打人楊椒山者在獄三年以乙卯十月晦死西市臨行刑作詩曰浩氣還太虛丹心照萬古生前未了事留與後人補

無無居士曰椒山之死權相最不厭人心觀其詩云

聖明厚德如天地則朝廷眷注公者豈欲死公耶雖然公之直節表表矣

卷三終